懐妊一夜で極秘出産したのに、シークレットベビーごと娶られました

m a r m a l a d e b u n k o

橘　柚葉

marmalade bunko
マーマレード文庫

目次

懐妊一夜で極秘出産したのに、シークレットベビーごと娶られました

懐妊一夜で極秘出産したのに、シークレットベビーごと娶られました

プロローグ

ホテルの外は、春の嵐だ。木々がしなるほどの風が吹き、雨脚が強くなっている。桜の花はとうに散り、街路に残った桜の花びらが完全に飛ばされてなくなったことだろう。

だが、今二人がいるホテルの一室は嵐とは無縁だ。淫らな音と切ない空気に包まれている。

衣擦れの音、荒い息遣い……そして、ベッドの軋《きし》む音。

間接照明の仄《ほの》かな明かりだけが、きっと二人の行く末を知っている。

楓香《ふうか》の身体に触れる手は、とても丁寧だ。大事にされている。そんなふうに誤解してしまいそうだ。

彼の大きな手は、壊れ物に触れるように黒く艶やかな髪を一房持つ。そして、その髪に甘い口づけを落とした。

背中まである黒髪は、楓香の性格を表すようにまっすぐに伸びている。

——だけど、それは見せかけだけ。

何事にも冷静沈着。粛々《しゅくしゅく》と物事に取り組む女性。世間からはそんな評価を受けているが、実際は……弱くて脆《もろ》い。まっすぐに突き進むのではなく、右往左往し続けている。

ただ、偽りの鎧《よろい》を身につけ、自身を強い女性に見せかけているだけ。本当は、ずっと彼の手に守られたいと思っていた。

見かけ倒しのデキる女性ではなく、庇護を必要とする女性でありたい。

この瞬間だけは願ってもいいはずだ。いや、願わせてほしくなる。

今夜、貴方に見せる〝涼野《すずしの》楓香〟は、冷静沈着で何事にも完璧な秘書ではない。ただの女なのだと。

皆には、泰然としている女と思われても構わない。だけど、貴方にだけはかわいい女だと思っていてほしいと願ってしまう。

「楓香……。かわいいな」

楓香を呼ぶ彼の声はとびきり甘く、淫欲を含んでいた。

彼の声は、それこそ一年中聞いている。それなのに、どうして今夜の彼は別人のように感じるのだろうか。

見たことがない彼、聞いたことがない声。だけど、それはきっと……今夜限りだろう。

もう二度と、彼は楓香にそんな自身を曝《さら》け出してはこないはず。

これっきり。二度と見ることはない、皇氷雨《すめらぎひさめ》の雄の顔。

「氷雨さ……んっ！」

顎を仰け反らせて快感を逃がし、淫らな声を出す。縋るように彼の背中に回すのは、派手さもかわいらしさもないベージュの模範的なネイルが施された指。

その指が遠慮がちに背中に触れたのは、一瞬だけ。

――彼は、私の愛情なんて求めていない。

悲しい現実が脳裏に過り、縋りたいと願った背中に触れることはできなかった。

楓香の躊躇《ちゅうちょ》をどのように捉えたのか。彼からの愛撫は、より激しさを増してくる。

何もかもを曝け出せ。そんなふうに楓香の身体を弄《いじ》る彼の手に翻弄され、絶えず啼《な》いてしまう。

彼の愛撫に蕩《とろ》けてしまった思考と身体。今はもう、何も考えられなくなっていた。

「――――……っ！」

唇から零れ落ちた言葉。だが、その声を発した自身でさえ何を言ったかわからない。

ただ、それを聞いた彼の唇はより楓香を求めてきた。

嘆き悲しむようなキスの連続に、楓香は応えて縋る。
一分、一秒を無駄にしたくない。この夜があれば、これから一人で生きていける。
そんな切ない気持ちを抱きながら、甲高く甘えた声を零した。

1

「皇ＣＥＯ、おはようございます」

「ああ、おはよう」

「早速ですが、今日のスケジュールでございます。このあとすぐ、九時より事業部会議が――」

手にしているタブレットを見ながら、粛々とした様子で今日のスケジュールを読み上げるのは、涼野楓香。ベンチャー企業Ｙエス、ＣＥＯの秘書だ。

そして、ジャケットを羽織りながら楓香の話に耳を傾ける若きＣＥＯである皇氷雨。

ビジネスライクな関係性を表すように、淡々としたやり取りが行われている。

そんな光景は、急成長を遂げているこの会社では日常茶飯事だ。

仕事中の楓香は、常にグレーのパンツスーツを身につけ、髪はキツく夜会巻きに結い上げている。

耳には主張しないぐらい小さなダイヤのピアス。控えめなメイクにネイル。

五センチヒールの黒パンプスを履《は》き、背筋を伸ばして立つと百七十センチほどになるだろうか。

〝皇ＣＥＯの完璧かつクールビューティーな秘書〞と周りから評価されているのを楓香自身も知っている。

そんなふうに見えるよう、これまで努力してきた。その甲斐あってか、周りにデキる秘書だという印象を持たれていることにホッと胸を撫で下ろしている。

氷雨の秘書になってから二年が経つ。

当時、楓香は二十五歳。前職では営業をしていたのだが、なぜか秘書としてこの会社に中途採用された。

経験が浅いため、Ｙエスに入社当時はとにかく仕事に必死に食らいついていた記憶しかない。

がむしゃらに仕事をし、社内外で頼りない秘書というレッテルを貼られないようにしていた。

今はその仮面も板につき、クールな秘書と思われている。努力が実を結んだ結果だ。

楓香は冷静な態度で、リスケ案件について氷雨に相談を持ちかけた。

Ｙエスは、ＢＰＯ——ビジネスプロセスアウトソーシングを請け負っており、各企業の業務やビジネスプロセスを外部提供している会社である。

世の中にはこういったＢＰＯを主戦場とする企業は多数あるが、Ｙエスはその中でも急成長を遂《と》げている会社だ。

ＢＰＯ企業にはそれぞれに強みを持った分野があるのだが、Ｙエスが得意としているのが営業戦略立案や営業支援である。

各事業部には分野ごとのプロフェッショナルが在籍しており、その都度チーム編成をしているのだ。

Ｙエスは、氷雨が友人たちと起ち上げた会社で設立して十年になる。

ここまで順調に業績を伸ばしてきたのは、氷雨を始めとする経営陣の手腕が大きいだろう。

トップたちが優秀ならば、自《おの》ずと人材は集まってくる。

先鋭営業軍団だと、この業界で評価され続けられている所以《ゆえん》だ。

成長し続けるＹエスの司令塔の役目をしているのが、現在楓香の意見に耳を傾けているボス、皇氷雨。

三十五歳で男盛りの彼は、楓香とは八つの年の差がある。楓香にとっては、仕事がデキて頭が切れる憧れとも言えるようなボスだ。

氷のように冷たい空気を纏《まと》っていて常にトップとしての威厳がある彼は、誰もが振り返ってしまうほどの美丈夫である。

「涼野、先日頼んでおいた資料はできあがっているか？」

「はい。共有フォルダにデータは入れ込み済みです。データはマーケティング部のチーフに依頼いたしました。チーフの話では――」

氷雨に指示されていたのは、市場調査のデータだ。

先日、仕事獲得にこぎ着けた大手菓子メーカーから都内の店舗数拡大の相談を受け、下準備に取りかかっている。

編成されたチームとCEOである氷雨とのパイプ役をしているのが楓香だ。

スムーズに進むよう、特に気をつけて業務を遂行《すいこう》している。

氷雨は、目元を緩ませてこちらを見つめると、自身のタブレットを手に取った。

「ああ、助かった。この前の戦略会議には出られなかったからな……」

タブレットでデータを見ながら、氷雨は真剣な目で呟く。その言葉を聞き、楓香はまた一つ自信をつけていく。

彼の秘書になり、二年。最初は秘書として右も左もわからず、何もできなかった。

しかし、そんな楓香を根気よく傍に置いてくれたのが氷雨だ。

自分にも他人に対してもとても厳しい人で、何度辞めたいと思っただろう。

しかし、彼の仕事への姿勢を見るたびに、追い越せなくても追いつきたい。そう強く願うようになったのだ。

今では、彼の右腕とまではなれないが、氷雨が楓香を信頼してくれていると自負している。

その信頼を持続するため、常に最高のパフォーマンスを見せなければならない。

それには、かなりの努力が必要だ。だけど、そんな苦労さえも厭《いと》わない自分がいる。

氷雨の近くにずっといたい。どんなに仕事がハードでも、そう願ってしまうのだ。

口元に指を当ててタブレットを見ていた彼の指が、今度はメガネのフロントサイドに触れた。

所作がとても美しく見惚れてしまう。こんなにキレイな男性を、楓香は知らない。

胸を躍らせていることを、氷雨に気づかれていないだろうか。

息を殺して、自身に「落ち着け」と命令を下す。

不安が脳裏を過ったが、彼の視線は今もタブレットにある。どうやら大丈夫そうだ。

ホッと胸を撫で下ろして心臓の鼓動をより高鳴らせながら、視線は再び氷雨の元へ。

内勤の場合、オフィスカジュアルが推奨されている。だが、営業など外勤の社員はスーツ着用が基本だ。

もちろん、我が社の顔である氷雨は常にスーツ姿である。いつでも営業に飛び込めるようにと準備に余念がない。

今、彼が着ているスーツは、オーダーメイドなのだろう。光沢のあるグレーのスーツは、彼の魅力をより引き立てているように思える。

チタンフレームのメガネがより彼の顔をシャープに、そしてクールに見せていた。

見惚れてしまいそうになる自身を叱咤し、楓香は背筋を伸ばす。

冷淡で仕事がデキるＣＥＯの隣には、何事にも動じず涼しい顔でサポートをする秘書が似合うはず。

そのためには、楓香が己のスキルを高めなくてはいけないだろう。

改めて気を引き締めていると、氷雨が顔を上げた。

ビジネス時の鋭い目だ。だが、一瞬だけ視線が緩まった気がした。

二人の視線が交じり合い、トクンと心臓が高鳴る。

「涼野、ありがとう。マーケのチーフには、俺が直接話す」

「畏《かしこ》まりました」

先日は急遽取引先会社に行かなければならない事案が出てしまったため、彼は事業部会議に出席できなかった。だからこそ、氷雨は直接チーフと話すつもりなのだろう。

仕事はチームで行う。それが、このYエスの真骨頂だ。

色々な人材が集まり、その中で新しい考えを提案していく。それをモットーとした社風を、トップ陣も守っている。

傲《おご》ることなく、我先にとトップ陣自らがチームに入っていく。

フットワークのよさ、そしてチームワークのよさが我が社の強みでもある。

ふと氷雨を見れば、すでに彼の頭は違う思考に切り替えられている様子。

彼の邪魔にならないよう、静かに一礼し部屋をあとにした。

CEO室の扉を開けたそこは秘書が待機している秘書スペースで、楓香は常時ここのデスクを使い仕事に励んでいる。

マーケティング部チーフに氷雨からの言付けをメールで送り、今朝までに届いているCEO宛てのメールをチェックした。

会合を開いてほしい、打ち合わせに同伴してほしい。そういった類いのメールは、緊急性なども加味してリストアップしておく。

そうしておけば氷雨の手が空いたときにチェックを入れてくれ、ある程度の対処を示してくれるのだ。

それを確認したあとに、楓香がスケジュールの調整をし相手側に返信メールをするのだが……。

——これは、明らかにプライベートよね？

女性からのメールだ。内容も仕事ではなく、個人的な誘いのメールが多数送られてきている。

こういったことは日常茶飯事で、全て削除して構わないと氷雨に指示されていた。

氷雨は、彼女らに目を向けない。それはわかっているのだが、どれほど氷雨が女性たちの目に魅力的に映っているのか。

それをまざまざと見せつけられて、焦りのようなものを感じてしまう。

楓香が、それにヤキモチを焼くのはお門違いだ。何度も自分に言い聞かせているのだが、なかなかうまくいかない。

ただ、楓香が氷雨に憧れとは違う感情を抱いているだけ。その時点で、本来ならアウトだろう。ビジネスとプライベートを分けて考えられなければダメだ。

——絶対に私の気持ちは悟られてはいけないわ。

マウスを持つ手に力が入る。気持ちが波立っているのを落ち着かせるために、小さく息を吐き出した。

彼を意識したのは、いつだっただろうか。恐らく、働き始めてすぐの頃だったと思う。

圧倒的な存在感に息を呑んで近寄りがたいという印象を覚えたが、一緒に仕事をし始めるとそれだけの人物ではないと気がついた。

仕事にかける情熱は人一倍ある人だ。でも、だからといってできない人を置いていくことなく、手を差し伸べてくれる。

厳しさの中にも優しさと温かみがあり、そのギャップが素敵なのだ。

それに、彼はどんな小さなことでも気がついてくれた。

彼の体調を気にしてスケジュールを立て直し、身体に優しい昼食を用意したとき。さりげなく気遣いをしたとしてもこちらの意図を汲み取って、ぶっきらぼうだがお礼を言ってくれる。それが、とても嬉しいのだ。

それに結構恥ずかしがり屋な一面があるのが、またいい。

彼の一挙一動から目が離せない。心が浮上したり、落ち込んだり。楓香を惑わせてくる。

氷雨への気持ちは、間違いなく恋と呼ばれるものだろう。それに気がついたときには、愕然《がくぜん》とした。

理想としている秘書像とはかけ離れている感情に、どうしたらいいのかわからなくなる。

彼の傍にいたいのならば不必要な感情だ。だからこそ、彼への恋は秘めておこう。そう誓ったのである。

この恋は、叶わない。それがわかっているので切なくもなるが、それでも彼の傍から離れる方が辛く感じるのだから忍ぶ恋に徹するしかないだろう。

もう一度小さく息を吐いていると、目の前の内線が鳴る。その電話を取ろうとすると、部屋から氷雨が出て来るのが見えた。そろそろ会議の時間だ。

楓香を見て、そちらを優先しろと目で指示をしたあと部屋を出ていく。

そんな彼を見送りながら、電話に出た。

「はい、CEO秘書室。涼野でございます」

『おおっ！　楓香ちゃんか』

「皇会長！　おはようございます」

『そんな他人行儀な名前で呼ばないでくれないかな、楓香ちゃん。儂《わし》と楓香ちゃんの仲じゃないか』

電話口の彼から戯《おど》けた様子が伝わってきて、思わず噴き出してしまった。

「では、いつものように泰造《たいぞう》さんとお呼びいたしますね」

『うんうん、それで頼むよ』

気のいいおじいちゃんといった雰囲気の泰造だが、実は国内屈指の大企業である皇鉄鋼の会長だ。そして、氷雨の祖父でもある。

泰造とは氷雨に出会う前からの知り合いで、ちょっとした友人関係なのだ。

この会社に転職した折、泰造が氷雨の祖父だと聞いたときは、ひっくり返りそうになるほどに驚いた。

〝泰造〟という下の名前しか知らなかったので、彼と皇鉄鋼の会長とが結びつかなかったのだ。

そんな彼は、楓香を気に入ってくれていて「氷雨の嫁にならないか?」などと言ってくれている。もちろん、社交辞令だと受け流しているが。

頬を緩ませていた楓香だったが、慌てて泰造に用件を聞いた。

「皇CEOに、ご用事でしょうか?」

『ああ、そうなんだ。氷雨はいるかい?』

「申し訳ありません。ただいま、席を外しておりまして……」

今し方会議室へと向かったばかりだが、すでに会議は始まっているはずだ。

言葉を濁すと、泰造は『いい、いい。大丈夫』とカラッと笑う。

『楓香ちゃんに氷雨のスケジュールを聞けば事足りるから。ところで、氷雨の今夜の予定は？』

「少々お待ちください」

タブレットをタップし、氷雨のスケジュールを再度確認する。

今のところは、夜に会食などは入れていない。それを泰造に伝える。

『そうかそうか。アイツも忙しいヤツだからな。またすぐにスケジュールが変更になる可能性もあるかのぅ』

「そう……ですね。今のところは大丈夫とだけしかお伝えできないですね」

泰造の言う通り。急に会合やら会食が入るのは、日常茶飯事だ。それは泰造も心得ているのだろう。

しかし、いつもなら「スケジュールが空いていればでいいよ」と言うのだが、今日の泰造はなかなかに強引だった。

『楓香ちゃん。悪いんだけど、今夜は確実に空けておいてほしいんだ』

「泰造さん？」

『アイツも、そろそろ年貢の納め時でね』

「え？」

『許嫁《いいなずけ》がいるんだが、彼女を待たせておくのも申し訳ないからね。久しぶりに会わせようと思っているんだ。氷雨の仕事が忙しすぎてね。今まで流れに流れていたんだけど、本格的に結婚の話を――』

ドクン。胸がイヤな音を立てた。泰造の声が微かにしか聞こえなくなるほど、胸の鼓動が煩《うるさ》くなる。黒く重苦しい感情が流れ込んできて、息がしにくくなってしまう。

『楓香ちゃん？』

「っ！」

泰造の気遣う声を聞き、ようやく我に返った楓香は慌てて取り繕った。

「スミマセン、ちょっと電波の調子が悪かったみたいで」

『今、車で移動中だから電波が悪くなっていたのかもしれないね』

特に不審がられず、ホッと胸を撫で下ろす。

泰造には、氷雨のスケジュールを押さえると約束して通話を切った。

誰もいない秘書スペースには、楓香の悲痛な声が小さく響く。

「わかっていたことじゃない……」

氷雨の実家は、大手企業である皇鉄鋼。彼は家を出て起業したが、皇家の一人息子だ。

いずれ、この会社は他の役員に任せて家業を継ぐだろう。

そうなったとき、彼の隣に楓香はいられない。

何より、彼が他の女性と結婚を決めたとき、クールな秘書の顔を保てなくなるだろう。

どんな形になるのかわからないが、氷雨とは近い将来離ればなれになる。それだけは確実だ。

女として見てもらいたい。そう思う反面、彼の傍にずっといたいとも思う。

そんなふうに願ったからこそ仕事を粛々とこなし、彼の力になれるよう秘書に徹してきた。

でも、もう……。そろそろ、彼の傍にはいられなくなるだろう。

彼の隣に、笑顔で立てない。どう頑張っても無理だ。

結婚おめでとうございます、などとお祝いの言葉を告げる勇気はいつまで経っても出てこないだろう。

楓香にとっても年貢の納め時が、やってきたのかもしれない。

涙が零れ落ちそうになるのをグッと堪え、控えめな色の口紅を塗った唇を横に強く引く。

震える唇を必死に止めることしかできない楓香は、弱虫だろうか。

彼にぶつかる勇気があればいいのにと思いながら、ぶつかってどうするのかと嘆息する自身がいる。

背筋を伸ばしてクールな秘書を演じる努力をするしか、今の楓香にはできない。

「私は、皇ＣＥＯの秘書。……大丈夫、私は頑張れる」

お別れの日が来る、その日まで。完璧な秘書で居続けることが、楓香にとってのプライドだ。

小さく頷き、会議室へと向かった。

＊　＊　＊

「それは却下で頼む」

「無理です。すでに車が待機中でございます」

「……君は誰の秘書だ？　俺の意向を真っ先に聞くべきだろう」

氷雨はメガネのブリッジを押し上げながら、鋭い視線で楓香を見つめる。

氷雨らしくない苛立った声に少々怯んだ様子を見せたが、楓香は冷静さを取り繕って淡々と応えた。

「おっしゃる通りです。しかし、皇CEOは皇会長――貴方のおじいさまからのアポイントは、毎回何をおいても受けていらっしゃいます」

「……」

「私はいつも通り、仕事を全《まっと》うしたつもりなのですが。お叱りを受けなければなりませんでしょうか？」

クールビューティー。人は、誰もが彼女をそう評する。

だが、それは違うと言いたい。いや、それでは語弊があるだろうか。

それだけの女性ではないと氷雨は言いたい。隠されたかわいらしさがある女性だ。

そのギャップが心を揺さぶるんだと楓香に告げたら、彼女はどんな表情を浮かべてくれるだろうか。

氷雨は小さく息を吐き出して、完璧すぎる秘書を見つめた。

楓香が氷雨の秘書となったのは、二年前。前職では営業をしていた彼女を、敢えて秘書に推薦したのは氷雨だ。

人材採用を、Ｙエスでは特に重要視している。だからこそ、ＣＥＯである氷雨は採用試験を受けた全員の履歴書に必ず目を通すようにしていた。

その履歴書の中に見知った顔を見つけ、すぐさま採用を決める。それが、現在氷雨の秘書である涼野楓香だ。

彼女なら、自分の秘書を完璧にこなしてくれるだろう、と確信したからだ。

そんな自信があったのは、以前から楓香に一目置いていたから。

彼女を一目置いたきっかけは、氷雨の祖父である泰造と一緒にいるところを見かけたからだ。

楓香が中途採用試験を受ける前、彼女と泰造が楽しそうに甘味処でお茶をしている姿を偶然見かけたのだが、二人を見て懸念が押し寄せた。

「いい年をしたじいさんが若い女に熱を上げている」もしくは「あの女は、うちのじいさんを金づるにしたいのか」という疑惑が脳裏を過ったのは事実。

目撃したときには声をかけなかったのだが、後日泰造に聞けば、彼女とは一年前から友人関係を築いていて〝和菓子友達〟なるものだとなぜか自慢げに言われたのである。

泰造は、一癖も二癖もある人物だ。気難しい人で、周りはいつも苦労させられっぱなし。

そんな曲者《くせもの》である彼が目尻を下げて、その若い女性を褒め称えたのである。ある種の事件だ。

泰造は無類の和菓子好きだが、まさかそれがきっかけで若い女性と友達になったというのか。

驚いたなんてものではない。

ニヤリとどこか悪戯っ子のようにほほ笑んだ泰造を見て、二度驚かされた。元来、祖父はお茶目な性格ではないからだ。

人に頼まず、泰造自ら並んで購入するほどの和菓子愛がある。それは知っていたが、それがきっかけで友達ができたというのだから驚きだ。

店の行列に並ぶたびに楓香と顔を合わせることが続き、彼女と話していたら意気投合。

すっかり仲良くなり、時折約束をして楓香と和菓子屋巡りをするようになったという。

泰造の連れ合いである祖母は、すでに亡くなっている。若い女と趣味を楽しむのに何の問題もないだろう。

しかし、彼女の方は泰造を金づるに使うつもりなのではないのか。

正直な気持ちを泰造に言ったら、『楓香ちゃんは、そんな女の子ではない！　お前の目は節穴か！』とすごい剣幕で怒られた。

二人で和菓子会をしていても、絶対に折半《せっぱん》。泰造はご馳走したいのに、彼女はそれを一度も受け入れていないという。

『それでは友達とは言えません。泰造さんは私より年上で人生の大先輩ですが、対等な関係でいさせていただきたいんです』と、彼女が言っているというのだ。

そこを譲らない彼女が、本当に好ましいと泰造は目尻を下げる。

確かに泰造と一緒に最中《もなか》を口に頬張る楓香からは、純粋に和菓子を愛している様子がヒシヒシと伝わってきていた。

年の差、五十以上ある二人だ。何か問題が起きたりはしないだろう、とそのときは思ったものだが……。

――まさか、その半年後に彼女がうちに採用試験を受けに来るとはな。

縁というのは、どこで繋がっているかわからない。

楓香の履歴書を見て、氷雨はすぐさま彼女を雇い入れることを決定した。迷う理由は何一つとしてなかったからだ。

彼女を採用した理由の一つは、曲者である泰造の懐にスルリと入ることができた人間性。彼女の人たらしな一面が気に入った。

ＢＰＯをウリとするＹエスにおいて、人たらしな才能も戦力の一つだ。

最初こそ営業の即戦力として雇う予定だった。しかし、氷雨は自分の傍に欲しいと思い、彼女にとっては畑違いの職種である秘書業務に配属させたのである。

今までにも何人か秘書を雇ったのだが、なかなかうまく機能してくれず……。

企業とのパイプ作りをしている氷雨は、同行する秘書にも同等、もしくは違う才能を身につけていてほしかった。

そんなときに、氷雨の理想に近い人材が突如として現れた。それが、楓香だ。

氷雨の傍で、彼女はいい仕事をしてくれるに違いない。確かな期待と予感を抱いての秘書職への辞令だったのだが、彼女は期待以上の働きをしてくれた。

仕事のパートナーとして申し分はない。そう言い切れるほど、完璧に秘書として務め上げてくれている。

ただ、一つだけ文句を言ってもいいのなら、楓香がパーフェクトすぎることが不服だ。そして、クールな表情を絶対に氷雨の前では崩さないのも淋しい。

今も、氷雨の前に立ち、きちんと仕事を全うしているクールビューティーな楓香を見て肩を落とす。

「いや、涼野の仕事に抜かりはないな」

「恐れ入ります」

背筋を伸ばしたあと、キレイすぎるお辞儀をする彼女。本当に隙が見当たらない。

だが、そんな彼女のかわいらしい一面を氷雨は何度か目撃している。

誰もいないと思っていたのだろう。お茶の準備をしながら鼻歌を歌っていたり、観葉植物に水をやりながら「おはよう。今日も素敵ね」などと声をかけたり。

それなのに、氷雨の姿を見るとすぐさまクールな秘書に戻る。

きっと内心では大慌てしているのではと想像するとほほ笑ましい。

そのギャップにやられてしまったのだ。

数回、泰造と楓香が二人で和菓子会をしているところに出くわしたことがある。

そのたびに、あの笑顔をこちらにも向けてほしい。そんなふうに願うようになった自分に気がついたとき、楓香への恋心を知ったのだ。

秘書の顔をしている彼女にも惹かれるが、プライベートのかわいらしい彼女にも惹かれている。プライベートの彼女は、常とは真逆。守ってあげたくなるような、隙がありすぎる女性だ。そういうギャップが堪らなく愛おしいし、彼女を手に入れたくて仕方がなくなる。

そう願う自分がいることを、最近では隠せなくなっていた。

涼野楓香が好きだ。気持ちを抑えられなくなるぐらいに。

何度、楓香を目の前にして心の中で「好きだ」と呟いてきただろうか。数え切れないほど、愛を叫んでいるはずだ。

隙を見せてほしいのに、粛々と仕事をこなす秘書は氷雨の前では絶対に弱みを見せない。

その完璧なまでに武装している秘書の顔を剥《は》ぎ取ってしまいたいと渇望するほど、氷雨は楓香が好きで堪らなくなっている。

だが……手を拱《こまね》いている間に、彼女には恋人がいるという噂が流れた
幼なじみの男で、付き合いはとても長いらしい。この情報は泰造からなので、信憑性はある。

相手がいる楓香に、あれこれとアプローチできるわけがない。それに、彼女は氷雨にとって直属の部下である。

上司である氷雨が強引に口説き始めたら、彼女はきっと戸惑うだろう。

上司だから、と断れなくて我慢する可能性だってある。下手をすれば、セクハラだと言われるだろう。

本心は、幼なじみの男からかっ攫《さら》ってしまいたい。だが、それが彼女の幸せに繋がるとは思えなかった。

彼女の幸せを一番に考えている。彼女を幸せにしてくれる男がいるのなら、託した方がいい。

そう思っていたのだが……。ここ最近、彼女が塞《ふさ》ぎがちな気がする。

もちろん、仕事中はそんな素振りは見せない。かわいくないほど、凜々しい姿を氷雨には見せている。

だが、休憩中や帰宅時に見せる陰りのある表情。気落ちしている楓香を見て不審に思っていた氷雨の耳に、彼女の噂が入ってきたのだ。

何でも、付き合っている彼氏とうまくいっていないらしい。別れるのは秒読みではないかと囁かれ始めたのだ。

それを聞いて、内心喜んでしまった氷雨は自分本位な人間だろうか。

彼女の幸せだけを考えているなんて自分に言い聞かせていただけなのだと、思い知らされた。

こんな男を、楓香はどう思うだろうか。軽蔑するだろうか。

不安になる反面、彼女を口説くチャンスが巡ってきたと思っている自分に苦笑する。

彼女の心を引き留めておけない、その男が悪い。隙があれば奪い去ってやる。

そんなふうに思う男は、氷雨以外にもいるはずだ。それほど、涼野楓香という女性は魅力に満ち溢《あふ》れている。

どうしても彼女が欲しい。ずっと氷雨の隣にいてもらいたい。一生……彼女の傍にいたいと願う。

一度は抑えていた欲求だったが、そんな噂を聞いてしまったら我慢できなくなってしまった。

狡《ずる》い男だと罵《ののし》られてもいい。ただ、楓香が欲しい。それだけだ。

彼女に悪いと思うのなら、それ以上に氷雨の手で幸せにすればいいだけ。そんな言い訳ばかりを考える。

それには、今から泰造と会うのは好都合かもしれない。どうせ、勝手に決められている許嫁とやらと会わせようという魂胆なのだろう。

次から次に縁談が舞い込んできて煩《わずら》わしいからと、ある種のカモフラージュとして放置していたのだが、もう今の氷雨には必要がない。

縁談など、さっさと白紙にしてしまおう。

「……確かに、このままではいけないか」

「え？」

小さく呟いた言葉だったため、全ては楓香には聞こえなかったのだろう。目を瞬かせてこちらを見つめてくる。

そんな彼女を見て緩く首を横に振り、「何でもない」と言うと、なぜか彼女の顔が曇った。

「涼野？」

「いえ。いってらっしゃいませ」

深々と頭を下げる楓香に、これ以上何を聞いても無駄だろう。

彼女は氷雨が去るまで頭を下げ続けていて、顔を上げてくれないことを知っている。

小さく息を吐き出したあと、彼女に「お疲れさま」とだけ告げてオフィスを出た。

車に乗り込もうとしたが、もう一度彼女を振り返るとまだ頭を下げている。

彼女の顔が見たいのに、と淋しく思いながらも、こんな関係はすぐにでも壊してみせると意気込む。

――彼女の手を握り締めるのは、この俺だ。

キュッと拳を握り、革靴の音を立てながら外で待機していた泰造が回した車に乗り込んだ。

2

「皇CEO、コーヒーをどうぞ」

「ああ、ありがとう」

車内販売で購入したコーヒーを簡易テーブルの片隅に置きながら、楓香は氷雨に声をかける。

相変わらずクールな様子でお礼を言った彼は、コーヒーに口をつけて、再びタブレットに視線を落とした。

楓香は彼の真剣な横顔にチラリと視線を向けたあと、自身はノートパソコンを起ち上げて書類作成を始める。

平日の早朝。新幹線内、グリーン車両には、出張や商談に向かう人が多いのだろう。

かくいう楓香と氷雨も、これから商談である。

東海地方に本社を構える中堅どころの医療機器メーカーからの依頼があり、二人でその会社に行くところだ。

基本、こういった商談は業務執行責任者であるCOOが行っているのだが、氷雨が行う場合も多い。

特に今回は氷雨の友人の会社であり、氷雨にオファーが直接来たので向かっているところだ。

——縁談、どうなったのかな……。

あまり氷雨を見ていたら不審がられるため、意識だけ隣に向けた。

彼には、許嫁がいる。その事実を突きつけられたとき、頭の中が真っ白になって何も考えられなくなった。

あの日、彼は泰造の言う通りに許嫁に会ったのだろう。そして、縁談を進める話に納得したのだろうか。

年貢の納め時。泰造は氷雨に対してそう言っていたが、彼もそのつもりだったのだろう。

このままではいけない。帰り際、彼はそんなふうに呟いていた。

長年許嫁という立場に彼女を置いて、仕事にかまけていたのを悔いているのだろうか。

その女性と氷雨は許嫁関係だと泰造は言っていた。女性の方は、彼をずっと待っていたのだろう。

許嫁の彼女は、氷雨と未来を歩いていける。羨ましさと妬《ねた》ましさ。黒く重い感情が取り巻く自分は、とても醜く感じた。

氷雨は三十五歳。結婚を考えてもおかしくはない年齢だ。

彼の結婚は目前だとわかっていたはずだし、ずっと自分に言い聞かせてきたじゃないか。

楓香は、氷雨に気づかれないように小さく息を吐く。

彼は、楓香ではない他の女性と結婚をして家庭を作る。それは決定事項であり、楓香との未来など絶対にあり得ない。

彼の実家を考えれば、それこそ家柄などを考慮した女性との結婚が望まれるだろう。

わかっていたのに覚悟が足りなかったのだと思い知らされた上、現実を突きつけられる。

彼が結婚を決めたと言ったとき、果たして祝福できるだろうか。

いつもの調子で、クールな秘書の顔を保ち「おめでとうございます」とほほ笑むのだ。それができるというのか。

何度自身に問いかけても、無理だとしか答えが出てこず不安しかない。

幸せそうな氷雨の顔を、冷静な気持ちで見つめられないだろう。

それなら、早々に彼から離れた方がいいのかもしれない。

最初こそ、「傍にいられればいい」そんなふうに思っていた。だけど、現実を目の当たりにすると、それがいかに難しいことか実感する。

彼の傍にいたら、ずっと恋心を隠しながらの日々が続く。それは、楓香には無理だ。

今でさえ、いつ自分の気持ちが零れ出てしまうか。氷雨に伝わってしまわないかとビクビクしているというのに。

携帯を取り出し、ここ最近楓香に送られてきたメールをチェックした。

ありがたいことに、現段階でヘッドハンティングしてくれている企業がいくつかある。

魅力的な会社ばかりだが、楓香は断り続けていた。

今回もそのつもりでいたので、現に今までにも何社かお断りの連絡を入れている。

氷雨の秘書の座を誰にも譲りたくない。そう頑なに思っていたからだ。

しかし、彼の近くにいられないとわかってしまった以上、新天地を探さなければならないだろう。

彼の傍にいたら、いずれ自らの気持ちが溢れすぎて楓香の心が壊れてしまうかもしれない。自身を守るためには、氷雨から離れなくてはいけないだろう。

この出張が終わったら、自分のこれからの身の振り方を考えた方がいい。タイムリミットは、すぐそこまできている。

楓香の仕事が多いのではないか、と以前より秘書室長はずっと心配してくれていて氷雨に第二秘書を用意した方がいいと打診してくれていた。

準備は着々と進んでいると先日秘書室長が言っていたので、楓香が辞めるとなれば早急に動き出してくれるだろう。

再びため息をつこうとしたとき、そろそろ目的駅に到着する頃だと気がつく。

ふと横に座る氷雨を見ると、タブレットを持ったまま舟をこいでいた。メガネが邪魔そうだ。

ソッと彼の腕に触れて起こそうとしたが、すんでのところでその手を引っ込める。

彼に触れたら、それだけで恋心が膨らんでしまいそうな気がして怖かったからだ。

小さく息を吐き出し、秘書の顔を無理やり作り声をかける。

「皇CEO、そろそろ駅に到着いたします」

「ああ」

自分が居眠りしていたと気がついたのだろう。氷雨はばつが悪そうに、あくびを噛み殺している。メガネを外して眉間を指でキュッと押すと、再び掛け直した。

楓香は心配になり、労《いたわ》りの言葉をかけた。

「お疲れですか？」

目を瞬かせている彼を見て、ここ最近のスケジュールを思い出す。

仕事は、いつも通り忙しくはあった。だが、そこは秘書の腕の見せ所。楓香が頭を悩ませて氷雨のスケジュール管理をしっかりしたので、激務にはならなかったと思う。

しかし、問題は仕事が終わったあとだ。彼は、ここ最近すぐに退社していた。

恐らくだが、結婚に向けた準備に忙しくしているのだろう。

着々と結婚へと向かって歩き出している。それを感じるたびに胸が掻きむしられるほどの痛みを覚えるが、それも仕方がないだろう。

楓香は、氷雨の秘書だ。

仕事だけはおろそかにしてはいけない。それが、楓香にとってのなけなしのプライドだ。

出張が終わったら、氷雨のスケジュールを組み直そう。プライベートが忙しいのなら、午前中の仕事を組み替えて出社を遅くすることも検討した方がいい。

今日の商談も、早めに切り上げられるよう努力しなければ。

そんなふうに考えていると、隣から小さな笑い声が聞こえた。

ハッとして氷雨を見ると、めったに見せない笑顔で楓香の眉間辺りを指差してくる。

「涼野、難しい顔をしている」

「っ！」

恥ずかしくなって慌てて眉間を手で隠すと、氷雨はクツクツと意地悪く笑う。

頬が熱い。顔が赤くなっているはずだと考えると、居たたまれなくなる。

だが、こんなふうにフレンドリーなやり取りができることが嬉しくて仕方がない。

――でも、恥ずかしい……。

動揺する楓香に、氷雨は柔らかい表情のまま目を細めた。

「クールビューティーだと言われる、涼野の素の表情は見物だな」

「ＣＥＯ！」

抗議の声を上げたとき、再び素の部分が出てしまっていると気がついて慌《あわ》てて感情を押し殺す。

――落ち着け、楓香。今、貴女は皇ＣＥＯの秘書。いつでも冷静沈着でいなくちゃいけないの。

自分に言い聞かせ、無理やり表情をなくす。すると、なぜか氷雨に笑われてしまった。

「残念。会社の連中が見たことがない、涼野を見ることができると思ったのにな」

クックッと笑って肩を震わせる氷雨を見て、眉を顰《しか》める。

「……揶揄《からか》わないでください」

ツンと澄ましてクールな秘書の仮面をつける。大丈夫だ、きっといつも通りのはず。

楓香は氷雨の視線を感じながらも、パソコンを片付け話しかける。

「皇ＣＥＯ」

「ん？」

「最近お忙しいでしょう？　お疲れじゃありませんか？」

「……」

「今夜は、あまり羽目を外さず、早めにお休みくださいね」

商談後、氷雨は取引先の御曹司との食事会が決まっている。

久しぶりに会う友達と積もる話があるだろうが、早めに食事を切り上げて、ホテルで休んでほしい。

彼が倒れてしまったら、会社としても困る。氷雨の代えなど、いないのだから。それに、楓香が心配で堪らなくなってしまう。

彼に注意を促すと、氷雨は再び笑い出した。なぜ笑われたのかわからず、怪訝に思いながら隣を見る。

　すると、彼は悪戯っ子のような目を楓香に向けていた。メガネの奥の瞳は、どこか柔らかい光を含んでいる気がする。

　視線が絡んで、胸が言いようもないほどに高鳴ってしまう。

　慌てて視線をそらしたのだが、氷雨の発言を聞いて彼に向き直る。

「その食事会は、俺の優秀な秘書殿も出席予定だが？」

「え？」

　それを聞いて思わず大声を上げそうになる。だが、静かなグリーン車内で騒ぐわけにもいかない。

　目を丸くして驚くと、氷雨の口角がクイッと上がった。

　意地悪な表情でさえも魅力的に映り、楓香の視線を奪ってしまう。そんな彼が心底憎く感じる。

　楓香が内心穏やかではないと気がついていないだろう氷雨は、フッと力を抜いた笑みを浮かべた。

　その表情に見蕩れていたが、慌てて口を噤《つぐ》んで平静を取り繕う。

「……私は聞いておりません」

「ああ、言っていないな」

ケロリとした表情の氷雨を、楓香は軽く睨みつける。

「いつものように、私はホテルに戻るつもりでしたが？」

「いつもはな」

シレッと言い切った氷雨は、ジャケットを羽織りながら息を吐き出す。

「俺の秘書殿は、男性からのウケが恐ろしくいい。だから、君を会食やパーティーなどの席には極力連れて行かなかった。危ないからな」

「……危ない、ですか？」

どういう意味なのかとパソコンをバッグに入れようとする手を止めると、氷雨は肩を竦《すく》めて苦笑した。

「君を明らかに狙っている男たちから守るのは上司の役目だろう？」

「……」

「でも、パーティーなんかに行くと、あちこちで聞かれる。麗しの秘書さんはどうして連れて来なかったのかと。一人で来るのではなく、秘書さんも連れて来てほしいと言う輩までいるぐらいだ。そんな人気者を同行させるわけにはいかない。危険すぎる」

まさか、それが理由で商談後の会食にあまり誘われなかったのだろうか。

ずっと会食に呼ばれないことが引っかかっていたのだ。

前職場での女性秘書は、上司と共に会食やパーティーにも同行していたのを知っている。

もちろん会社によって様々だとわかっているが、楓香はそういう席にあまり同行を求められない。秘書が必要な場合は、秘書室長が氷雨に付き添うのがお決まりだった。

楓香では力不足なのだろうか。そんなふうに密かに落ち込んでいた。

パーティーに至っては、見目麗しい女性をパートナーとして連れて行っているとばかり思っていたのだが、一人で出席していたとは……。

氷雨一人でも、事が足りていただろう。だが、楓香が同行していれば、何か少しでも彼のサポートができたはずだ。

彼に訴えたが、それを速攻拒否された。

「言っただろう？　涼野。君がそんな場に行ったら大変なことになる」

「それは、CEOの心配のしすぎではないかと」

そんなわけあるはずがない、と内心呆れ返る。だが、ちょっぴり嬉しく思うのは内緒だ。

氷雨が楓香を心配してくれ、色々と考えてくれていた。それが、嬉しい。

高揚する気持ちを抑えつつ、できれば氷雨には彼自身を心配していただきたいものだと反論したくなる。

カリスマ姓を持ち合わせている氷雨がパーティー会場にいれば、女性に取り囲まれること必至。そちらの方が、問題あると思うのだが……。

氷雨にそう指摘したのだが、彼はすぐに首を横に振る。

「自分のことぐらい自分でできる」と言う。

どうやら今後も楓香を伴ってパーティーに出席するつもりはなさそうだ。

しかし、氷雨からそんな心配を受けるとは思わなかった。目を見開いて驚いていた楓香だが、ふと脳裏に疑問が浮かぶ。

今まで氷雨は会食やパーティーなどの席に楓香を同行させるのを拒み続けてきた。

それは、楓香の安全を考えたからだと彼は言う。だが、今夜はどうして同席を許可しようと思ったのか。

もうすぐ駅に着くため、荷物を持ってデッキへと移動する。流れる景色を視界に入れながら彼に質問をすると、シンプルな答えが返ってきた。

「俺が信頼している男だから。それに愛妻家だ。不安要素はない」

「なるほど……」

それ以上は何も言えなくなる。口を噤んだ楓香をちらりと見て、氷雨は視線をそらしぶっきらぼうに言った。

「涼野にはいつも助けられているから、たまには労《ねぎら》いたいと思っていた」

「え？」

氷雨を見上げたが、彼の視線は窓の外だ。楓香に視線を向けず、彼は淡々としている。

だが、どこか照れ隠しをしているようにも見えた。

「今日の商談相手に気兼ねは不要だ。美味い店を予約してくれたらしいから期待していてくれ」

氷雨の視線は、ずっと窓の外だ。心臓を高鳴らせながら氷雨を見つめる楓香に、彼は気がついていないのだろう。

いつも通りのクールな表情で話を続ける。

「ここ最近、君は疲れていないか？」

「え？」

思わず目を大きく見開いてしまう。確かに、今後について思い悩む日々が続いていている。

特に、氷雨への気持ちを抑え切れない自分に戸惑い困惑していたのは間違いない。

楓香の揺れる心情に、彼は気がついていたというのか。

気にかけてもらっているとわかり、じんわり胸が熱くなってくる。

キュッと胸の辺りで手を握り締めていると、彼は相変わらず感情が読めない口調で言う。

「上司と一緒の席では気分転換にならないかもしれないが……。少し、力を抜いてみたらどうだ?」

「……」

「君は頑張りすぎだ」

新幹線はプラットホームへと滑り込み、ゆっくりと車体は止まる。そして、扉が開く瞬間、氷雨はようやく楓香に視線を向けた。

「何でも完璧にこなそうとする君だから、俺は心配になる」

行くぞ、と楓香に声をかけて、彼は新幹線から降りる。呆けていた楓香だったが、慌てて彼に続いた。

冷淡で仕事の鬼でもある氷雨だが、時折こんなふうに楓香に優しさをくれる。

――胸がドキドキしすぎて、苦しい……。

ある意味、氷雨は残酷だ。いつもはクールすぎるほどで、楓香を気にかけていないように見える。

それなのに、ここぞという場面には優しさを差し出してくるのだ。

諦めようと自身に言い聞かせても、なかなか彼を諦め切れなくなるのはこういう優しさをふとしたときに見せてくるから。

でも、そろそろ潮時だ。彼を忘れる準備をしなくてはならない。

こうした出来事一つ一つが失恋の記憶として刻まれていくのだろう。

それなら、素敵な思い出の一つにしたい。今夜は思う存分、彼を好きな自分でいよう。

氷雨の大きな背中を見つめながら、足早に彼のあとに続いた。

＊　＊　＊

「さぁ、仕事の話はお終いということで。涼野さん、ここのひつまぶしは絶品なんですよ」

「ありがとうございます。ひつまぶし、初めて食べます」

「そうですか！　あ、鰻は大丈夫ですか？」

「はい」

「それはよかった」

にこやかにほほ笑むのは、今日の商談相手であり、氷雨の旧友である三好《みよし》だ。氷雨と三好は大学時代を共に過ごした仲。大学を卒業して、三好は実家である医療機器メーカーを盛りたてている。

今回の依頼内容としては、来年発売予定である新機器の新規顧客獲得のための営業戦略ノウハウ、販売経路の拡大だ。

どんな業界でも適応するのが、Ｙエスの強み。今回も顧客が望む販売ノウハウを提供するだろう。

トップ同士の商談が終了したので、会社に戻ったら急遽チームを組む予定だ。チーフは社員の中から選ばれるだろうが、恐らく氷雨もチームに参加するだろう。それを、三好も求めているようだからだ。

三好の希望としては、首都圏の病院への販売経路拡大ではあるが、打ち合わせなどで名古屋と東京を行き来するのだろう。

なかなかハードな仕事になるな、と楓香はこっそりと思いながら目の前にいる三好を見る。

三好は、恰幅がよく柔和な人柄だ。奥様との関係も良好らしく、幸せオーラが漂うような人である。

氷雨とはタイプが真逆に思えるが、だからこそ気が合うのだろう。

氷雨はいつものように冷静沈着な表情ではなく、少しだけ力が抜けているように思えた。

久しぶりに会えたこと、そして仕事を一緒にできるワクワク感が二人から滲み出ている。

旧友の二人を見ていると、何だかほほ笑ましくて思わず頬が緩んでしまう。

そこで、ハッと我に返る。

商談の場ではない、寛いでほしい。そんなふうに三好は言ってくれたが、やはりこの場にいる以上、YエスCEOの秘書の顔がある。

慌てて気を引き締めようとすると、隣に座る氷雨がすかさず注意してきた。

「楽にしろ、涼野」

「……ですが」

視線を泳がせて困っていると、氷雨は首を軽く横に振る。

「言ったはずだ。仕事は終わった。今は、君の会社の同僚とその友達との食事会だと」

「……色々と無理があるかと」

店員と話している三好に聞かれないよう、氷雨に少しだけ近づいて小声で言う。

氷雨は同僚ではなく上司であり、雇い主でもある。そして、彼の友人である三好は企業の御曹司であり、顧客でもあるのだ。

その上、三好からしてみれば、楓香はどう見ても氷雨の秘書。それ以上でもそれ以下でもないだろう。

小さく首を横に振る楓香に、氷雨は「何も無理はない」ときっぱりと言い切る。

「三好がいいと言っているし、何より俺がいいと言っている。今からは無礼講だ」

「……」

これ以上意見しても、彼は受け入れてくれないだろう。そういうことならばと、失礼にならない程度に肩の力を抜かせてもらおうか。

そんなふうに考えていると、氷雨は心配そうな声色で聞いてきた。

「きちんと食べているか？　涼野」

「え？」

「ここ最近の君は、心配になる。顔色があまりよくない気がするし、痩せたんじゃないか？」

「スミマセン！」

慌てて頭を下げる。氷雨が言う通りで、ここ最近ずっと思い悩んでいたのは確かだ。そして、次第に思考だけでなく、食にも影響が出始めていた。少し痩せたのは間違いない。

だが、それを上司である氷雨に心配されるようでは、秘書失格だ。

上司のケアも仕事の内だと思っている。それなのに、その上司に秘書である楓香の心配をさせてはダメだろう。

後悔が滲む楓香に、氷雨は躊躇いがちに息を吐き出した。

「謝る必要はない。ただ、心配だっただけ。だから、今日は無理やりにでも食べさせようと思っていた」

胸が熱くなる。涙が零れ落ちてしまいそうなほどに嬉しい。

それでもいきなり泣き出したら、それこそ氷雨は心配してしまうだろう。

これ以上、彼に心配をかけたくはない。いつも通りの秘書の顔を繕う。

「皇ＣＥＯ、ありがとうございます」

「いや、それはいいんだが……」

「え？」

なぜか眉間に皺《しわ》を寄せ、氷雨は苦悶の表情だ。どうしたのかと首を傾《かし》げていると、三好が笑い声を上げながら話に入ってきた。

「涼野さん。拗《す》ねているんですよ、コイツは」

「え？」

ニヤニヤと何か楽しげに笑う三好を見て、氷雨は苦虫を噛み潰したような顔をして彼を制止しようとする。

だが、三好はそんな氷雨の制止などものともせずに話を続けた。

「涼野さん。氷雨のじいちゃん、泰造さんと仲がいいんでしょう？」

「えっと、はい」

ここで氷雨の祖父である泰造の名前があがるとは思わなかった。

目を瞬かせて驚いていると、三好は茶目っ気たっぷりな顔で笑う。

「実は、私も氷雨のじいちゃんとは和菓子友達で」

「え!?」

まさか、楓香と同じように三好も泰造と和菓子友達とは。目を見開いて驚いていると、三好は人の好さそうな笑みを浮かべた。

「だから、涼野さんのことは泰造さんから聞いていたんですよ」

「そうなんですね」

納得して頷く楓香を見て、三好は氷雨に視線を向けてニヤリと笑う。

「それが気に食わないんだよな？　氷雨は」

「おい、三好！」

慌てた声を上げた氷雨と視線が合う。だが、すぐにそらされてしまった。

唖然《あぜん》としていると、三好は肩を震わせて笑うのを堪えている。

「涼野さん。少しは氷雨に懐いてやってくれないかな？」

「え？」

どういう意味だろうと三好を見ると、彼は柔らかくほほ笑んだ。

「泰造さんと氷雨では、涼野さんの対応が違うこと。コイツは地味に凹んでいるんだ」

「コラ、三好」

氷雨は眉間に皺を深く刻んで三好を睨んではいるものの、いつもの迫力に欠けた。

照れを隠すように、メガネのフロントサイドを弄《いじく》っている。

少しだけ頬が赤いのは気のせいだろうか。そんな氷雨を、二度見してしまった。

やはり旧友の前で、リラックスしているのだろう。プライベートの氷雨を垣間見ることができて嬉しくなった。

意図せず頬を綻ばせていると、氷雨は気まずそうに小さく呟く。

「一日の大半を一緒にいるんだ。君を一番近くで見ているのは、きっと俺だ」

「皇ＣＥＯ」

「ビジネスではない席では、少しだけ肩の力を抜いてほしいとは思っている」

「……はい」

「今は、オフ時間だ。お互い肩書きなどはなしにして、食事を楽しまないか？」

氷雨の思いやりが伝わってくる。嬉しく思う反面、優しさを見せないでほしいとも思う。

氷雨をより好きになってしまいそうで怖く感じる。そんな気持ちを楓香が抱いているなんて、氷雨はこれっぽっちも気がついていないだろう。それがなんとなく、悔しい。

「無礼講だって上司が言っているんだから、日頃の愚痴をめいっぱい言ってもいいんだよ、涼野さん。ついでに、ＣＥＯじゃなくて名前で呼んでほしいんだってさ」

「え？」

「涼野さんは、泰造さんを〝皇会長〟ではなくて、〝泰造さん〟って呼んでいるんだろう？　それなのに、氷雨のことはどんなときでも〝皇ＣＥＯ〟って呼んでいる。それをコイツは淋しく思っているんだよ。泰造さんと涼野さんの方が距離が近いから、悔しいみたいだ。なぁ？　氷雨」

「三好……。煩い」

氷雨は、ばつが悪そうに顔を背けてしまった。

そんな彼を見て笑いながら、三好は目尻を下げる。

「氷雨が涼野さんを苛めたら、泰造さんと一緒に守ってあげるから。ね？　氷雨に対しての不満をぶちまけてしまいなよ」

戯ける三好に、思わず噴き出してしまった。口元に手を置いて、クスクスと声を出して笑う。

「はい、ありがとうございます」

三好にお礼を言うと、なぜか不安げに氷雨が声をかけてきた。

「は？　何か不満があるのか……？　涼野」

身を乗り出して楓香を見つめる氷雨の目は真剣だ。その奥にあるキレイな瞳には、不安の色が揺らめいている気がする。

あまりに必死な訴えに、楓香は慌てて首を横に振った。不満など何もない、と何度も否定するのに、なかなか氷雨は引き下がってくれない。

彼を見て三好は、腹を抱えて笑い出した。

「いつも冷静沈着なお前がこんなふうになるとはな！　ほら、涼野さんが困っているぞ？」

「っ……」

三好に窘《たしな》められ、ようやく楓香から視線が離れた氷雨だったが、未だにどこか不安そうだ。

今夜は彼の色々な面を見ている気がする。とにかく楓香を気遣ってくれているのは確かだ。それがやっぱり嬉しく感じる。

「不満なんてありません。CEO……いえ、皇さんの元で働けて光栄に思っています」

「涼野……」

もしかしたら、初めて氷雨を〝皇さん〟と名字だけで呼んだかもしれない。

何だかそれが気恥ずかしくて、視線を落とした。

すると、三好は嬉しそうに、その大きな身体を揺らす。

「うんうん、この場では気を遣わなくていいからね、涼野さん。……おっ！　お待ちかねの料理が来たよ」

仲居がお櫃《ひつ》が載った御膳を持って部屋に入ってきた。それらを各々の前に置く。

楓香がひつまぶし初体験ということで食べ方のレクチャーをしてもらい、茶碗によそる。鰻の香ばしい香りに誘われ、一口食べた。

「美味しい……」

ほろりと楓香の口から零れ落ちた言葉を聞いて、三好と氷雨は嬉しそうだ。

ここ最近ご飯が美味しいと感じられなかったが、このひつまぶしは美味しく感じる。

こんなに楽しい食事は久しぶりだからだろう。だが、こんな夜は今日が最後だ。

きっといい思い出になるだろう。いや、いい思い出にしたい。

そうしなければ、一歩を踏み出せなくなる。

穏やかな時間を過ごしていると、三好の携帯が鳴り出した。

「ごめん。ちょっといいかな？」

席を外した三好だが、すぐさま戻ってきた。だが、その顔には難色が浮かんでいる。

「どうした？　三好」

「氷雨。妻が体調が悪いみたいで……今日は先に帰ってもいいかな？」

「もちろんだ」

迷わず返事をする氷雨を見て、三好はホッとした様子だ。そのあと楓香に視線を向けてきたので、小さく頷く。

「早く奥さまのところに行ってあげてください」

「ごめんね、涼野さん。今度、またゆっくり」

慌てて身支度を済ませた三好は「会計はしておくから、二人で楽しんでね」とほほ笑んで部屋を出て行った。

部屋が静かになり、否応もなく氷雨と二人きりなのだと意識をしてしまう。

すでに食事は終わっており、このままホテルに戻るのもありだ。

そうでなくても、氷雨はここ最近忙しそうだった。少しでも早くベッドで横になってもらいたい。

「では、私たちもホテルに戻りましょうか」

「そう、だな……」

どこか歯切れが悪い氷雨が気になったが、楓香はテキパキと秘書らしく帰り支度を済ませると店に頼んで呼んでもらったタクシーに乗り込み、今日の宿泊先であるホテルへと向かう。

名古屋駅にほど近いシティーホテルに着き、チェックインを済ませる。

カードキーを氷雨に差し出したのだが、なかなか彼は受け取らない。

「皇さん?」

先程までの癖でそう呼んでしまい後悔したが、氷雨は嬉しそうに柔らかな表情になったので言い直すのは止めた。

だが、依然としてカードキーを受け取ろうとはしない。困惑していると、彼はどこか真剣な様子で口を開く。

「……上のバーで、少し話さないか?」

「え?」

息を呑んで、彼の目を見つめる。熱っぽく情熱的な視線を向けられ、心臓が早鐘を打つ。

射貫《いぬ》くような力強い目に捕らわれてしまい、視線をそらすことができない。

それ以上、何も言えずにいると、彼は目元を柔らかく緩ませて言う。

「上司と部下ではなく……。そうだな、友人として」

「友人……、ですか？」

まさか氷雨がそんなことを言い出すとは思わず、言葉がそれ以上出てこない。

しかし、氷雨は楓香の態度を見て勘違いしたようで、慌てたように視線を泳がせた。

「友人……では、あまりにフレンドリーすぎるか？」

「ち、ちが……っ！」

慌てて否定しようとした楓香を制止するように、彼は困ったように眉尻を下げる。

「では、同じ職場で共に闘う者同士ということで」

「皇さん……」

「どうだ？」

返事に躊躇してしまう。楓香は、ソッと視線を落とす。

彼は楓香が何かに悩んでいるのを見抜いていた。それを追求してくるつもりなのかもしれない。

断ろう。そう思ったのだが、ゆっくりと顔を上げた楓香は口を開けなかった。

氷雨の不安に揺れる瞳を、初めて見た気がした。そのことに、驚きを隠せない。

彼はビジネス時、いつも毅然《きぜん》としている。生まれながらにしてのカリスマ性を持ち合わせているのだろう。

彼についていけば大丈夫。そう思える人物だ。

誰もがデキる男だと認める氷雨。いつもは近寄りがたい雰囲気を醸《かも》し出しているのに、今の彼にその壁は見当たらない。

これ以上は彼の傍にいない方がいいと思いながらも、この夜を逃したら彼と二人きりで、それも一対一で呑む機会はないだろう。

——これが、最後。

東京に戻ったら、再就職先を考えなければならない。もう、氷雨との時間は刻一刻と少なくなっているのだ。

最後だから。その言葉に後押しされるように、楓香は頷いていた。

「はい……」

返事をすると、氷雨は明らかにホッとした様子で楓香をエスコートしてくれる。

彼がそんなふうに部下としてではなく、女性として接してきたことはなかったので戸惑ってしまう。

「行こう」

氷雨はそう言うと、楓香の背中に触れてくる。

ドキッとして心臓が跳ねた楓香だったが、彼に促されるがままエレベーターホールへと足を向けた。

3

氷雨は、緊張をしていた。しかし、それを楓香に悟られないように余裕なふりでワインを口に含んだ。

眼下に広がる夜景を見ながら、二人はワイングラスを揺らす。

ホテルの最上階にあるバーは、金曜日ということもあって賑わっていた。

だが、場所はシックな雰囲気を醸し出しているバーなので、客層は落ち着いた大人が多い印象だ。

横に座る楓香に視線を向ける。腕と腕が触れ合う距離にいる彼女を見て、ますます緊張してきてしまう。

日頃の自分らしくもないと、内心苦笑した。

ロゼワインを口に運ぶ彼女の目は、どこか虚ろだ。ここ最近、よく見る彼女の表情の一つである。

最初は、ハードスケジュールに付き合わせているから疲れているのだろうと心配していた。

彼女は自ら休みを乞わないから、無理やりにでも休暇を取ってもらった方がいいだろうと思っていたのだが……。やはり噂は本当で、恋人とのことで悩んでいるのだろうか。

リフレッシュして、いつもの彼女に戻ってほしい。それを伝えたくて、こうして彼女をバーに誘った。

氷雨の視線は、ずっと隣にいる楓香に釘付けだ。

こんなにジッと見つめていたら、不審がられるだろう。いや、昨今ではセクハラだと訴えられるかもしれない。

わかっているが、視線を外せないでいた。憂いを帯びた、彼女の横顔も魅力的だからだ。

――悩んでいる彼女に失礼すぎるだろう。

自身を窘めるのだが、感情は正直だ。やはり、彼女から目が離せない。

仕事中のキリリとした冷静沈着な彼女、泰造と一緒に和菓子を頬張るかわいらしい彼女、そして気鬱な空気を漂わせている彼女。

どの表情も魅力的に映っているのは、氷雨だけじゃないだろう。

楓香と一緒にいると、あちこちから視線を感じる。男性からの視線だ。

そんなうっとうしい視線を感じるたびに、彼女を自身の腕の中に隠してしまいたくなる衝動を抑えるのに必死になる。

楓香に対して滑稽なほど一喜一憂する氷雨を知ったら、彼女はどんなふうに思うのだろうか。

CEOである氷雨を、彼女はクールで完璧であると思っている節がある。

だが、本当の氷雨はそんな男では決してない。完璧な男と世間に思われるように演じているだけだ。

理想とする上司ではないとわかったら、楓香は氷雨に幻滅するだろうか。

するかもしれない。でも、彼女には自分の全てを見てほしいと願っている。

弱い自分を曝け出せる、そんな間柄になりたいと思っているのだ。

同時に、楓香にも弱みを見せてもらいたい。彼女に頼ってもらいたいと、思っているのだが……。

今日の彼女は、いつもとどこか違う。何が違うのか、それを問われると困るのだが、何かが違う。それだけは肌で感じている。

彼女と食事をする機会は、これまでにも幾度かあった。

仕事が絡む会食などはなるべく楓香を呼ばないようにしていたとはいえ、全く彼女に声をかけなかったわけではない。

それに役員の忘年会などで、彼女が酒を呑むところを何度か見ている。しかし、酒は口に付ける程度。あまり量を呑まない印象があったのだが、今夜の彼女はピッチが速いようだ。

すでにグラスワインを三杯目。やはり今夜の楓香はいつもと違う。頬は赤く染まり、目は虚ろになりつつある。色気を増す彼女は、反則なほどに魅力的だ。でも、その魅力をところ構わずまき散らすのは危険である。さすがに止めた方がよさそうだ。

「今夜はピッチが速くないか?」

「あ……」

「そんな呑み方は危ない。気をつけた方がいいぞ」

声をかけられて、ようやく気がついた様子だ。どうやら無意識のうちにグラスを空けるペースが速くなっていたのだろう。

楓香は慌ててワイングラスから手を離し、視線を落とした。落ち着きのない彼女もレアだ。

ここ最近の彼女は、やはり彼女らしくない。だからこそ、心配になる。

氷雨もグラスをカウンターに置き、彼女から視線を外して眼下に広がる夜景に目を向けた。

「涼野、率直に聞く」

「え？　あ、はい」

「何か……悩みがあるのか？」

「え？」

彼女が、ようやくこちらを見た。目の前にあるガラス窓には、楓香の驚きに満ちた表情がくっきりと浮かんでいる。

目を見開いて氷雨を見つめる彼女は、オフィスにいるときとは別人だ。

氷雨に対して、ビジネスライクではない表情を見せてくれた。それが嬉しい。

ゆっくりと楓香に身体を向け、彼女の目をジッと見つめる。

「ここ最近の君は、どこか苦しそうにしているな」

「……そうでしょうか？」

いつも通りの口調だ。だが、視線を泳がせる彼女を見て、やはり何かに悩んでいるのだと確信した。

彼女は上気した頬を隠さず、手元にあるワイングラスに視線を落とす。

酔っているのだろうか。いつもならポンポンとすぐさま返事がくるのだが、口を噤んだままだ。

――口は割らない……か。

頑ななまでに完璧主義者であろうとする楓香だ。直属の上司に弱みを見せないだろうと予想はしていた。

それなら、と違う切り口から彼女の悩みを探ろうと考えていると、楓香は戸惑う表情を浮かべながら小さく呟く。

「……皇さんは、恋をしていますか?」

「え?」

そんな話題を楓香の口から聞くとは思わず、一瞬躊躇う。

何と返事をすればいいのかと動揺していると、彼女は困ったように笑いを噛み締めた。

「皇さんの周りには、魅力的な女性ばかりですものね。常に素敵な恋愛をしていますよね?」

いいなぁ、と呟いて、再びワイングラスに手を伸ばす。コクンと一口呑み、小さく息を吐き出した。

どこか投げやりな様子を見て、彼女の悩みの種がわかった気がして胸が痛んだ。楓香のここ最近の憂い顔の理由。それは、彼女と幼なじみだという恋人とのことなのだと確信する。

しかし、彼女の口から恋愛の話題が出てくるなんて……。

楓香は酔っているのだろう。そんな話題を氷雨にぶつけてきたことなどないからだ。それだけ彼女の理性は揺らいでいる証拠で、恋人との問題で悩んでいるのだろう。

楓香の心をいつも捕らえて離さない。その幼なじみという男が羨ましく、憎い。

彼女の恋人にジェラシーを感じていると、隣からは小さくため息をつく音が聞こえた。

「皇さん、聞き流してくれていいんですけど。聞いてくれますか？」

「……もちろん」

楓香はワイングラスを両手で持ち、ユラユラと中身のワインを揺らす。悲嘆にくれるように、氷雨に問いかけてくる。

「好きな人を忘れなくてはいけないない場合。皇さんなら、どうしますか？」

「え？」

彼女の言葉に目を見開いた。

どういう意味なのか。深く追求したくなったが、それを止めた。楓香の気持ちが、痛いほどわかったからだ。

氷雨だって楓香を忘れなくてはいけないと何度思っただろう。

だけど、忘れることなどできない。できるわけがない。

好きだから、愛しているからこそ、忘れようと思えば思うほど想いが深まる。そんな苦い思いばかりを繰り返してきた。

今までの自分を思い返し、思わず呟く。

「忘れられるものなら、とうの昔に忘れることができているのかもな。だけど、それが難しい」

「そう……、そうなんですよね」

深く頷き同調した楓香は、氷雨に視線を向けてくる。そして、探るような表情で聞いてきた。

「皇さんも、辛い恋をしたことがあるんですか？」

信じられないといった口調で言う彼女を見て、思わず本心を言いたくなった。現在進行形で辛い恋をしているのに。

誰のせいだ、と言いたくなってしまうが、本心を曝け出せない。氷雨は拗ねて、彼女から視線をそらした。

「あるな……。忘れたくても忘れられない。全く、厄介だな」

そう言いながらも、忘れる気は毛頭ない。

名古屋に向かう新幹線で氷雨の多忙さを楓香に心配されたが、確かにここ最近は仕事終わりの方が忙しかった。

それは、うやむやにしていた縁談話を破談にするために動いていたからだ。

ようやく白紙に戻せそうな今、様子を見て楓香にアプローチをしようかと目論んでいた。

だが、彼女には付き合っている恋人がいる。そう思って抑えていたのだが……どうやら遠慮はいらない状況になりつつあるようだ。

氷雨が心の中で思案していると、楓香は小さく呟いた。

「そう、ですか……」

どこか落胆したような様子の楓香を見つめながら、彼女のこれまでの発言を思い返す。

彼女は、視線を落として何かを耐えるように唇を噛み締めていた。

氷雨が虎視眈々《こしたんたん》と狙っているとは思っていない彼女は、項垂《うなだ》れながら口を開く。

「この恋は忘れなくちゃいけなくて……。だけど、どうやったら忘れられるのか。私にはわからなくて」

「……」

「ずっと抱いていた恋を忘れる方法を教えてほしい……」

——もしかして、恋人と別れたのか……？

ドクン。期待に胸が高鳴る。ジワジワと喜びが込み上げてくる我を抑えられなかった。

彼女を諦めなくてもいい。それに気がついた今、高揚感が湧いてくる。

カウンターに突っ伏した楓香は氷雨に答えを求めるわけではなく、ただ独り言のように呟く。

華奢な女性だと、ずっと思っていた。だが、今日の彼女はより頼りなく小さく見える。

守ってあげたい。その細腕を掴んで、己の腕の中へと導きたくなる衝動に駆られた。

悩んでいる楓香を助けてあげたい。彼女が大切だから、守ってやりたいと切に思う。

彼女を苦しめている男より、自分の方が彼女を想っているはず。

自身の心がそう叫ぶ。この機会を逃せば、二度と楓香は手に入らないだろう。

彼女の言葉を聞く限り、恋人とはうまくいっていない。それは間違いなさそうだ。原因はわからないが、楓香の恋人である幼なじみは彼女を捨てようとしているのだろう。

こんなになるまで、彼女を追い詰めたその男が許せない。

だが、感謝もしている。ようやく楓香を口説く機会をもたらしてくれたのだから。楓香を独り占めし、囲い込んでいた男。その男から、彼女を奪い取れる。そう思うと、心が高揚してくるのがわかった。

男らしくないかもしれない。人の弱みにつけ込むのは、心が狭い人間がすること。だけど、それを悪いとは思わない。今の氷雨は、そう断言したくなる。

――彼女の手を離した男が悪い。

楓香の恋人である男に心の中で言った。

どうして彼女の手を離したのかはわからない。

だが、その手は二度と掴まなくていい。彼女は――俺の女《モノ》だ。

「涼野」

楓香の肩を抱き寄せる。驚いて目を見開く彼女を腕の中へと導き、耳元で甘く囁く。

「俺ではダメか？」

「……え？」

意味がわからないといった様子で見つめてくる楓香の頭に触れる。そして、ゆっくりと宥めるように撫でた。

気持ちがよさそうに目を細める彼女の目尻に、唇を寄せる。

すると、彼女は目を大きく見開いた。驚いた顔もかわいい。

氷雨は、メガネを外してカウンターに置く。そして、戸惑うことなく彼女のキレイな唇を奪う。細い肩を抱き寄せながら、その柔らかい唇に夢中になる。

「っ……ん」

彼女の甘い吐息を聞き、もう一秒も待てないと思った。

ゆっくりと唇を離すと、楓香は何度も瞬きを繰り返している。驚き、戸惑い。色々な感情に揺れる彼女がかわいい。そんな彼女を、もっともっと見てみたい。

氷雨はメガネを掛け直して、スツールから立ち上がる。今も戸惑い続けている彼女に手を差し出した。

「君を慰めたい」

「皇さ……ん」

「慰めさせてくれ……。君を守りたい」

「……っ」

「涼野。俺は、君が大事なんだ」

彼女が、か細い声で「皇さん」と呼ぶ。それを聞き、懇願しながら彼女の目を見つめ続ける。

拒まれたら……、そんな不安が頭を過るが、そのときは強引だと詰《なじ》られても口説き落としてやる。

どうしたら楓香が靡《なび》いてくれるのか。必死で考えていると、差し出していた手のひらに彼女の手が乗った。

伝わる熱に、ハッと我に返る。

楓香は氷雨をまっすぐ見つめていた。その瞳にはどこか渇望の色が見え隠れしている。

「皇さんが……慰めてくれるんですか？」

「っ」

息を呑んだ。まさか、楓香が誘いに乗ってくるとは思わなかった。

目を大きく見開く氷雨を、彼女はジッと熱い眼差しで見つめてくる。

射貫くようなその強い瞳に、一瞬戸惑う。だが、すぐに深く頷いた。

「そうだ。君を慰めたい……。俺が君の傷ついた心を癒やしたい」

楓香の小さな手を握り締め、氷雨は必死に乞い願った。

いつもの氷雨らしくない。彼女はそう思ったかもしれない。だけど、これが等身大の皇氷雨だ。

涼野楓香がずっと欲しいと願って、躊躇しては彼女の幸せを陰ながら願っていた意気地なしの男だ。

彼女が幸せなら、他の男に委ねてもいい。そう思っていた。いや、思い込もうとしていた。だが――。

――俺が彼女を幸せにする。絶対に。誰にも譲らない。渡さない。

楓香が、氷雨の手を取った。それなら、もう二度と離さない。嫌がっても、拒んでも絶対に離さない。

スツールから立ち上がる彼女の手を持ち、覚悟を決める。

楓香は、氷雨を上目遣いで見つめてきた。ドキッとするほどの色香を感じて、気が逸《はや》る。

息を呑んでいると、彼女は強い眼差しを向けてきた。

「私も……」

「え？」

小さく呟く声が聞き取りにくくて聞き返すと、彼女は頬を紅潮させる。

艶っぽいその唇が、ゆっくりと動いた。

「貴方を慰めたい……」

「っ！」

「ダメ……、ですか？」

ダメなわけがない。氷雨は楓香の細腰に腕を回し、足取りが危うい彼女を抱き締めた。

行こう、そう楓香の耳元で囁くと、彼女は小さく頷く。

――もう後戻りなんてさせない。

チェックを済ませ、楓香を伴って部屋へと向かった。


「皇さ……っ」

部屋まで我慢できた自分を褒めてやりたい。部屋の扉を開けて楓香を中へと促したが、理性が保ったのはそこまでだった。

メガネを乱暴に外し、彼女の腰に回していた腕に力を入れてギュッと抱き締める。仄かに楓香の香りが鼻腔を擽った。時折、仕事中に微かに感じる彼女の香りが今、はっきりとわかる。

それほど彼女と近い距離にいる事実に、幸せを感じた。

衣越しに感じる体温に、心臓はあり得ないほど高鳴ってしまう。

だが、自分の欲望だけをぶつけたくはない。ただ、彼女を慰めたい。それだけだ。

彼女に自分の気持ちを伝え、幼なじみだという男の代わりではなくて氷雨自身を愛してほしい。

しかし、それは今の彼女には酷だろう。

ただ、彼女の心の傷を癒やしてあげたい。慰めてあげたい。それだけだ。

自分に言い聞かせ、その先にある未来を期待してしまう気持ちをひたすら抑える。

先程、楓香には誰が好きなのかを隠して氷雨の気持ちを打ち明けてしまった。

それについて彼女は同情してくれたが、まさか楓香を想っての発言だったとは思ってもいないだろう。

だが、それでいい。俺に対して同情してくれたからこそ、彼女は腕の中にいるのだから。

――そう。今はまだいい。

氷雨は、結い上げている楓香の髪を解いた。艶やかなそれは、ゆっくりと彼女の背中で揺れる。

ずっとこのたおやかな髪に触れたいと思っていた。サラリと指をすり抜けていく髪に、顔を埋める。

彼女の香りとぬくもりに、理性などとうの昔になくなっていた。

ただ、愛したい。癒やしたい。慰めたい。もう恋人の元になど戻らせない。

この腕の中に飛び込んできた以上、彼女には覚悟してもらいたい。君を苦しめた男の手を取ることはできない。永遠に。

キスしたい。抱き締めたい。

己を彼女の中に埋め込み貫いて、彼女の何もかもを自分色に染めてしまいたい。

そんな黒く重い感情が氷雨の体内に流れていることを、楓香は知らない。

――知らなくていい。一生。

彼女を優しくベッドに押し倒し、怖がらせないようにゆっくりと覆い被さる。

「涼野。名前を呼んで？」

「え？」

「優秀な秘書の君が、俺の名前を忘れたなんて言わせない」

「氷雨、さん……」

不安そうに揺れる瞳。そこに自身の姿が映し出されているのを見て、あり得ないほど興奮する。

己の独占欲と庇護欲に火がついた。その瞬間を確かに感じる。

楓香は、この恋を忘れなくてはいけないと言った。すでに破局しているのか、それとも破局寸前なのか。どちらなのかは、わからない。

だけど、彼女だけがその場に立ち尽くしたまま動けない状況にあるのだろう。

彼女は、氷雨に救いを求めている。

氷雨を選んでくれた。そう思っていいのだろうか。

——クラクラ、する。

この戯れは、楓香を慰めるため。そして、彼女からしたら氷雨を慰めるため。

わかってはいるが、どうしたって彼女を前にしたら、ただの雄となってしまう。

カーテンの隙間からは、いつから降り出したのか。窓に打ち付ける雨が見える。

外は嵐のようで、時折稲光が部屋を明るくしていた。

稲光が光るたびに映し出されるのは、楓香の艶やかな姿だ。もう、我慢などできない。

「優しくできないかもしれない……悪い」

「氷雨さ……っ！」

癒やしたいなどと言ったくせに、それはもう無理そうだ。

身体が、心が熱い。己を止めるのは、不可能だ。

彼女が氷雨の名前を呼ぼうとしたが、それを封じるように唇に齧《かぶ》り付く。

拒絶の声を聞きたくなかった。だから、激しい口づけを繰り返していく。

きっちりと第一ボタンまで留められているブラウスのボタンを引きちぎってしまいたくなるほど、早く彼女の何もかもをこの目に映して自分のモノにしたかった。

それを必死に堪えて首筋に舌を這わせながら、彼女からスーツを脱がしていく。

楓香が纏うスーツは、彼女を守る鎧のようだと常々思っていた。だからこそ、その鎧を剥ぐ行為は、どこか禁忌めいたものを感じてしまう。

彼女の身体に余さずキスをして……。心も身体も、彼女の全てを奪い去ってしまいたい。

頭の片隅で考えながらも、彼女に触れようとする手は慎重だ。

壊してはいけない。大事に、大事にしてあげたい。そんな感情も同時に存在するからだ。

——怖いのかも、しれない。

彼女が手に入るチャンスだと思いながらも、彼女に拒絶されたらと思うと怖くなる。

それほど、氷雨にとって楓香は大切にしたい女性だ。

その気持ちを打ち明ける覚悟を決めて、彼女を生まれたままの姿にした。

自分も服を脱ぎ捨て、何度も彼女の体温を感じるべく抱き締める。

唇を奪い、そして彼女の身体に舌を這わせて自分色にしようと必死になった。

楓香の甘い声、吐息に目眩がしそうだ。

甲高い啼き声を聞き、彼女の身体が震える。それと同時に氷雨の身体もブルリと快感が走り、——二人で白い世界へと弾けた。

荒い呼吸が静かなホテルの一室に響く。氷雨は息を整えながら彼女を抱き締めようとしたのだが、それを止める。

「……楓香?」

疲れてしまったのか。それともアルコールの酔いのせいなのか。

彼女はクッタリとベッドに沈んで、身動きしない。その姿を見て、無理をさせてしまったようだと申し訳ない気持ちになる。

サイドテーブルに置いておいたメガネを掛けながら、ベッドで清らかな顔で眠っている楓香を見下ろした。

起こして風呂に連れて行くのは可哀想なので、ホットタオルで身体を拭いてあげよう。

そう思ってバスルームへと向かおうと腰を上げようとしたときだった。

彼女が、小さく呟く。

「忘れたく……ない」

「っ」

ズクンと胸が痛む。唖然としていると、楓香の固く閉じた目からは涙が一筋零れ落ちた。

それを拭ってあげられず、ただただ彼女を見下ろして呆然《ぼうぜん》と立ち尽くす。

楓香が氷雨の誘いに乗ったのは、恋人を忘れなければならなかったから。

だけど、本心では忘れられないし、忘れたくないと思っているのだろう。

どうやら恋人とは別れなければならない状況なのは間違いなさそうだ。

だが、楓香にしてみたら、なかなか気持ちの整理がつかないのが現状なのだろう。

そんな彼女では、新しい恋に一歩踏み出すのは今はまだ難しそうだ。それなら、氷雨ができることはただ一つだ。

楓香の傍で彼女を見守り、支えてあげるだけ。そして、彼女の心の傷が癒えたときには……。

「覚悟しておけよ、楓香」

目元に残る涙の跡に、氷雨は唇を寄せた。

——こんな涙なんて、もう流すことがないようにするから。

氷雨は、意識のない楓香に何度も誓う。

涙の跡が消えるように何度も彼女の目元にキスをしながら覚悟を決めた。

4

「おはようございます、皇ＣＥＯ」

「おはよう、涼野。早速だが、この前の会議で――」

いつものように彼にコーヒーを差し出したあと、タブレットを持ち出して一日のスケジュールの確認をする。

それが終わると、彼はこれもまたいつものように書類に目を通し始めた。

メガネの奥の目は真剣で、こうなってしまうと氷雨は他のことはシャットアウトしてしまう。

名古屋での一夜で楓香に見せつけてきた情熱的な瞳は、あれっきり見ることはなかった。

お互いなかったことにした方がいい。氷雨はそう判断したのだろう。

彼に気づかれないよう小さく息を吐き出し、一礼して部屋をあとにする。

扉の先の秘書スペースにある自身のデスクにタブレットを置くと、力なく椅子に腰掛けた。

タブレットをタップし、カレンダーを確認する。

名古屋出張から、すでに三週間が経過。

嵐のような春の夜は過ぎ、季節は初夏と呼ばれる五月でGWが終わったばかりだ。

楓香にとって、名古屋での一夜は忘れられない思い出となった。

ずっと好きで、諦めなくてはいけないと思っていた相手である氷雨に抱き締めてもらったからだ。

だが、あの一夜があったのは、お互いが心の癒やしを求めていたからだろう。

楓香は氷雨への叶わぬ恋で傷ついている心を、そして氷雨は忘れられない女性がいるのに政略結婚をしなくてはいけないことへのジレンマからお互いを慰め合った。

しかし、それが正しかったのか。今でもわからない。

年貢の納め時と諭された氷雨は、好きな女性の面影を抱きながら違う女性と結婚をする。

かなりの葛藤があっただろう。しかし、彼は家のために結婚を決めた。

それは彼にとってかなりの決断であり、ストレスになっているはずだ。

そんな状況に追い込まれている氷雨だからこそ、楓香に同情したのだろう。

忘れたくても忘れられない恋をしている楓香を見て、彼は自分のようだと思ったに違いない。

何度となく蕩けるような甘い口づけをされ、身体を思いっ切り愛された。あの夜、確かに楓香は幸せだった。

この夜が何かを変えるかもしれない。そんなふうに少しだけ望みを抱いていたが、その望みは次の日には砕け散った。

朝、目を覚ましたときには、いつも通りの氷雨に戻っていたからだ。

ビジネスライクな表情しか浮かべない彼を見て、昨夜の出来事は忘れるようにと強要されている気になった。

それから、二人の間ではあの夜の出来事はタブーのようになっている。

表面上は通常通りを貫いているが、よそよそしさは拭えない。

ただ、氷雨は酷く楓香を心配しているのは肌で感じていた。

許されない一夜を過ごした責任を感じているのだろうか。そう思うと悲しくて辛くなる。

氷雨があの夜をどんなふうに受け止めているのかはわからないが、楓香は彼に抱かれたことに後悔なんて一切ない。

彼に一夜だけとはいえ愛された。その思い出だけを抱いて、これからの人生を歩いていける。

ソッと下腹部に手を当てた。ここに新しい命が息吹いていると思うと不思議な気持ちだ。

お腹には、氷雨との子がいる。その事実に、不安と嬉しさが混じり合って心が落ち着かない。

楓香の月経周期は、今までほとんどずれたことがないから、GW最終日に不安に襲われた。

四月末に来るはずの生理が遅れていると気がついたからだ。

名古屋出張から心乱されることが多く、自分の身体に気を止めてなかったのは事実だ。

色々なダメージがあったため、身体に負担がきていたので生理が遅れているのだろう。

最初こそそんなふうに考えたが、それでも不安が過る。念のために、とドラッグストアで妊娠検査薬を買ってきた。

そして、すぐさま試してみたのだが……。結果は、まさかの陽性。

「私と氷雨さんの……赤ちゃん」

口に出したら、より実感が湧いてきた。

「嬉しい……」

本音が零れ落ちる。頬が知らないうちに緩んでいた。

でも、検査薬の時点ではまだ確定ではない。

GW明けで仕事が忙しいのはわかっていたが、昨日氷雨に用事があると言って定時で仕事を切り上げさせてもらい産婦人科へ行ってきた。

検査の結果、妊娠二ヶ月目に入ったところ。心音も確認でき、確実に妊娠していると判明したのだ。

楓香はずっと男性と付き合っていなかったし、ここ数年誰ともベッドを共にしてはいない。

唯一、抱き合った相手は、氷雨だけである。

この子は、間違いなくあの夜に氷雨と抱き合ってできた子どもだ。

彼はきちんと避妊してくれていたが、実際コンドームだけでは完全な避妊方法だとはいえない。

産婦人科で妊娠していると確定したとき、ジワジワと幸せが湧き上がってくる感覚を覚えた。

大好きな男性の子どもを宿したのだ。嬉しいに決まっている。

もちろん、今後を考えたら不安がないとは言わない。だけど、根底にあるのは嬉しいという感情だ。

だが、脳天気なことばかり言ってはいられない。この子の存在は、氷雨にとっては喜ばしくはないからだ。

彼には、家同士が決めた婚約者がいる。想う女性がいながらも、家の繁栄のための婚姻を選んだ氷雨。

彼の気持ちを思えば、楓香のお腹の中に彼の子どもがいるなどと言えるはずもなかった。

残念ながら、この子の存在は氷雨の足枷だろう。皇家としても、家の利益になりそうにもない女性から生まれた子など必要ではないはずだ。

――だから、私が一人で育てる。

妊娠が確定してすぐ、楓香は決意をした。氷雨の子を宿した事実を、彼には絶対に伝えないでいようと。

そこからの楓香の行動は早かった。今朝、秘書室長に一身上の都合のために退職したい旨を告げて早急に後任を選定してほしいとお願いしたのだ。

第二秘書を置く準備は少しずつしていたので、後任については何とかなりそうだと言われて胸を撫で下ろした。だが、一番の問題は残っている。

氷雨に退職する旨を何も伝えていないことだ。

すぐに彼にも退職をしたいと申告するべきなのはわかってはいるのだが、それができれば苦労しない。

秘書室長に伝えたのだから、早急に氷雨に言わなければいけないだろう。しかし、すぐさま了承してくれるとは思えない。

秘書としての楓香を氷雨は買ってくれていると自負している。そんな氷雨なら、間違いなく慰留を申し出てくるはずだ。

それを、どうやって退《しりぞ》けようか。

秘書室長には「私にではなくCEOに退職願を提出していただけますか?」と言われてしまった。

彼もまた、私に止まってほしいと思ってくれているのだろう。

しかし、妊娠しているのを隠し通すためには、早急に会社を退職しなければならない。

お腹が大きくなってしまったら、氷雨にも、他の社員にもバレてしまうからだ。

楓香が妊娠している。その事実を氷雨が知れば、名古屋での一夜を思い出すだろう。逆算すれば、自ずとあの夜が導き出される。そうすれば、楓香のお腹にいる子どもは、自分の子どもかもしれないと氷雨は疑うはずだ。

――それだけは、絶対に避けなくちゃ。

楓香は知らず知らずのうちに、唇をキツく噛み締めた。

氷雨は己の気持ちを抑え込み、家の発展のためを思って結婚に踏み切ろうとしている。

そんな彼の苦渋の決断に、水を差すようなまねはしたくない。

それに、去り際ぐらいはスマートでいたいのだ。それが楓香のなけなしのプライドでもある。

「この子がいれば、私は生きていける」

キュッと唇を強く横に引きながら覚悟を決めると、何度も自分に言い聞かすように頷く。

「これからどんな困難なことがあったとしても、この子だけは絶対に守る」

知らぬうちに呟いていて、慌てて周りを見回す。

幸いCEO秘書スペースには誰もいない。そのことにホッとする。

少し前から氷雨の元を去ろうとは考えていたが、淋しさや孤独感で一歩が踏み出せなかった。

だが、今はもう楓香一人じゃない。それが、何だか心強い。

ソッと再びお腹を撫でて、CEO室の扉を見つめた。

氷雨は扉を挟んで向こうにいる。周りをシャットアウトして仕事に集中しているだろう。

バッグの中には、昨夜書き上げた退職願が入っている。それを取り出し、デスクの上に置いて眺めた。

タブレットをタップし、もう一度氷雨の今日のスケジュールを確認する。

十一時よりホテルでランチミーティングの予定だ。ランチミーティングには、楓香は同行しない。秘書室長が付き添う予定だ。

ランチミーティング後、いくつか顧客先に出向いて商談を済ませ、夜は会食の予定。そのまま、会社に戻らず直帰だ。

氷雨が秘書室長と一緒に出かけるのなら、まずもって楓香の退職の話になる。

秘書室長の口から耳に入れる前に、氷雨には伝えておかないとまずいだろう。

ランチミーティング前は、比較的ゆったりとしたスケジュールになっている。退職の話をするなら今しかない。

楓香は、退職願を手に持って立ち上がる。何度か深呼吸をして、扉をノックをした。

返事はない。いつものことだ。

返事がなくても入っていい。秘書になりたての頃に、彼から言われている。

こうして彼の元に向かうのは、あと何回あるのだろう。

感傷めいた感情が脳裏に過るが、扉を開いて部屋の中へと入っていく。

未だに視線は資料に向けたままだ。そんな彼を見つめ続けたまま、言葉が出てこない。

手にしている退職願をぐしゃりと握り締めてしまいそうになっていると、ようやく氷雨が顔を上げた。

いつもだったら一方的に声をかけてくる楓香が何も言わないので、不審に思ったのだろう。

氷雨を見つめたまま動かない楓香を見て、彼の眉間に深く皺が刻まれる。

「どうした、涼野」

「……」

「涼野?」

楓香の異変に気がついたのだろう。慌てた様子で立ち上がり、扉のすぐ傍に立ったままの楓香に近づいてきた。

彼が心配して楓香の肩に手を置いて顔を覗き込んでこようとするのを、一歩後ずさって拒否する。

「涼野？」

どこか傷ついた様子の彼の声にハッと我に返り、手にしていた退職願を差し出す。

最初こそ驚愕した様子で目を見開いたが、それが退職願だと気がついたのだろう。受け取らず、踵《きびす》を返してデスクへと戻っていく。

まさか、氷雨がそんな態度を取るとは思ってもいなかった。

デスクで書類に目を通しだした彼の隣まで歩み寄り、退職願をデスクの隅へと置く。

「皇CEO。少々お時間よろしいでしょうか」

「……」

書類を捲《めく》る彼の手は止まらない。そんな彼に、楓香はいつも通り毅然とした態度で対峙する。

ここで動揺を見せてはダメだ。勘のいい氷雨だ。異変を感じたら、何かを隠していると疑ってくるはず。

背筋を伸ばし、淡々とした表情を取り繕う。

「諸事情により、退職させていただきたいと考えております」

「……」

「急なお願いではあるのですが、後任が決まり次第——」

楓香が型通りのお願いをしている間も、氷雨は一切こちらを見ない。話を聞いているかどうかも怪しいところだ。

デスクの隅に置いた退職願を再び手に取り、彼の視界に入る場所に移動しようとしたのだが……。

「え?」

退職願を持つ楓香の手ごと、氷雨に掴まれた。そして、その手を彼の方へと引き寄せられる。グッと手を握り締められ、彼の視線に捕らわれた。

ドクンと胸が一気に高鳴り、顔が熱くなる。こんなふうに氷雨が楓香に触れてきたのは、あの夜だけだ。

手から、彼の熱が伝わってくる。早く離れなくてはと慌てる心を見透かされているのかもしれない。

氷雨は楓香の手をより強く握り締めてきて、逃げるのを拒んでくる。

「あの夜が原因か」

「え？」

「君を抱いたから。俺の傍にはいられないと思っているのか？」

違う、と声を上げたくなった。だが、それを言ってどうするというのか。

楓香の本心としては、氷雨の元から離れたくない。だけど、恋心が邪魔して傍にいられないのだ。

妊娠の一件がなくても、氷雨の傍にはいられなかっただろう。

それなら、とことん彼に嘘をついてしまえばいい。そうすれば、氷雨は罪悪感を抱かないはずだ。

クールな秘書の顔を前面に押し出し、薄く笑う。首を横に振り、氷雨にきっぱりと言い切る。

「違います」

「涼野」

「……皇CEOは覚えておいででしょうか」

「え？」

「忘れたいのに、忘れられない恋がある。私がそう言ったことをです」

「っ」

ハッとして目を見開く氷雨を見て、彼が楓香の話を覚えていると悟る。

あのとき、忘れられない恋の相手が氷雨だとは彼に告げていない。

楓香は、誰かと辛い恋をしている。氷雨は、そう思っていたはずだ。

だからこそ、楓香を抱き締めて慰めてくれた。

あの夜は、お互いのために慰め合ったのだ。お互いのどうにもならない恋に傷ついた心を癒やすために……。

それならば、あの話をうまく利用してしまおう。それがお互いにとって最善の道となるはずだ。

事実を打ち明けても、何も変わらない。お互い気まずさを感じるだけだ。

氷雨が楓香の手を取るわけにはいかない。それは彼の未来を考えれば、致し方ないだろう。そもそも、氷雨は慰めてくれただけ。恋愛感情など楓香に抱いていないのだから、手を取るも何もないのだが。

楓香の事情を話して、彼に責任を感じてもらいたくない。愛しているからこそ、大好きな人だからこそ、言ってはいけない真実もある。

この秘密は、一生氷雨に知らせるつもりはない。いや、知らせてはいけないのだ。

彼の未来と幸せを考えれば、絶対に知られてはいけない。

楓香は、あくまで冷静にと自分に言い聞かせて淡々と告げていく。

「忘れなくてよくなりそうなんです」

「え……？」

「うまくいきそう、だということです」

「……」

黙ったまま楓香の話に耳を傾けていた氷雨だったが、どこか投げやりな様子で口を開いた。

「その相手と、結婚でもするのか？」

「え、ええ……。そうです」

慌てて氷雨の言葉に頷く。そういう話にしておいた方が、丸く収まるだろう。

今後氷雨が楓香をどこかで見かけたとき、パートナーがいると思ってもらっていた方が都合がいい。

お腹が大きくなっている姿、もしくは子どもを抱いている楓香を見ても違和感を覚えないだろうから。

嘘の上塗りばかりをしていては、いつか綻びが出てきてしまうだろうか。

それでも、会社を辞めてしまえば氷雨との接点はなくなる。だから、嘘をついていても大丈夫だ。

今後、泰造とも会うのは止めよう。そうしなければ、秘密が氷雨にバレるかもしれない。

「でも、仕事は続けられるだろう？　辞めなくてもいいんじゃないか？」

その通りだ。だが、妊娠している以上、彼の傍にいることはできない。

「いい機会なので、スキルアップを考えて他企業で働こうと考えています」

ここで視線をそらしたら、嘘をついていると思われてしまうだろう。

必死に顔を上げる楓香を見て、彼は無表情のまま射貫くような目で見つめてくる。

それに負けじと平静を取り繕う。

本当はすべてを彼に話して受け止めてもらいたい。

泣きながら縋れば、彼の傍にいることはできるだろうか。

氷雨の手が、楓香に向かって伸びてきた。だが、触れる手前で彼の手はピタリと止まる。空を掴むだけだった。

苦しそうにクシャッと顔を歪めたあと、慌てた様子で彼は手を引っ込める。

そして、いつも通りのビジネスライクな表情で彼は粛々と言う。

「涼野、おめでとう」

「皇ＣＥＯ」

「よかったな……。本当によかった」

「っ」

彼の目元が、ゆったりと緩まる。そんな氷雨の顔を見ていたら、涙が込み上げてきてしまいそうだ。

グッと唇を噛み締め、それでも冷静沈着な秘書の顔を外せない。

「君の幸せを、いつまでも祈っているから」

「……はい」

口角を少しだけ上げて、氷雨に向かって頷く。

――ちゃんと笑えているかな、私。

幸せを噛み締めるように笑っているだろうか。

自信はないが目の前の氷雨が穏やかな表情で楓香を見ているので、きっとうまく彼を騙《だま》せているだろう。

胸がズキズキと痛む。彼に嘘をついた罪悪感、そして真実を告げられない心苦しさ。

何より、これで彼とはお別れになる。それが切なく辛い。

覚悟はかなり前からしていた。だけど、まだまだ心は決まっていなかったのだろう。

胸が苦しくて、痛い。今すぐ彼の前から逃げ出し、突っ伏して泣いてしまいたい。

だが、今は完璧でクールな秘書の仮面をつけている状態だ。そんなまねはできない。

無理やり笑みを浮かべる楓香から視線をそらし、氷雨は再び書類に目を通し始めた。

メガネの奥にある常に涼やかな目を見る勇気は、今の楓香にはない。

「では、後任などは君と秘書室長に任せる」

「畏まりました。お時間いただき、ありがとうございます」

「ああ」

会釈をして顔を上げたが、やはり氷雨はもう楓香の顔を見てはくれなかった。

彼の中では、すでに楓香は会社を去る者と認識したのだろう。過去となるのだ。

大好きな人との決別が、こんなに辛いものだとは思わなかった。

手を伸ばせば、あの夜のように彼の体温を感じられる。それができないもどかしさ。

すぐ傍にいるのに、とても遠い。だが、これでよかったのだと自身に言い聞かせる。

落胆していると悟られないよう、いつも通りを心がけてゆっくりと部屋を出ようとした。

すると、そんな楓香を氷雨は呼び止めてくる。

「涼野」

「は、はいっ」

慌てて振り返ると、氷雨は書類を捲る手を止めて楓香をまっすぐ見つめていた。

その眼差しには労りの色が濃く現れていて、胸が締めつけられる。

「涼野。君が俺の秘書でよかった」

「え……」

「俺を支えてくれてありがとう。感謝している」

「っ！」

息を呑んで言葉が出ない楓香に、氷雨はあの夜を彷彿させるような大人の魅力溢れる表情で言う。メガネの奥の目が、柔らかく綻んでいる。

「後任が決まるまでの間も頼むぞ、涼野」

「もちろんです」

小さく頭を下げたあと、ＣＥＯ室から退室した。その足で、すぐさま小会議室へと駆け込んだ。

幸い、ここには誰もおらず、ホッと胸を撫で下ろすと同時に涙が零れ落ちてきた。

「う……っ、ぁ……ふっ」

嗚咽が止まらない。必死に口を押さえるのだが、身体は震えたままだ。

氷雨の前では、完璧な秘書でいられただろうか。何か不審がられるような失態はしていなかったか。

心配になりながらも、胸が張り裂けそうになる。

氷雨の近くにはいられない。わかっていたはずじゃないか。

そう自分に何度も言い聞かせるのだが、なかなかに強情でいうことを聞いてくれそうにもない。我が心ながら、困ったものだ。

「大丈夫。私は大丈夫――」

お腹に触れ、何度も呟く。この子がいれば大丈夫だ。きっと心強くいられる。

「何も言わずに去ることを……許してください、氷雨さん」

あの夜限定で呼んだ彼の名前。もう、本人に呼びかける機会はないだろう。

泣き言はこれで最後にするから、と自分自身に言い聞かせて楓香はその場に泣き崩れた。

5

六月末。先日、会社を退職した。スムーズに引き継ぎができたのは、前々からマニュアル資料などを作成しておいたおかげだ。

ものすごいスピードでの引き継ぎだったにもかかわらず、後任の谷口《たにぐち》がかなり頑張ってくれたので早めに去ることができた。

元々氷雨の仕事は秘書室長がやっていたので、楓香がいなくなったあとも彼に聞けば何とかなるだろう。心配はいらないはずだ。

とはいえ、退職日は七月中旬。余りに余っていた有休を消化するため、退職日を調整したのだ。

退職願を提出後、転職先などについて氷雨にあれこれ聞かれるかと思ったのだが、一切なかった。

去る者は追わず。氷雨の中では、楓香はいなくなる者となってしまったのだろう。

辛く切ないが、それも仕方がない。楓香自らが、氷雨の元を離れたのだから。

会社を去るまで、運よく誰にも妊娠しているのを気づかれなかった。

細心の注意を払っていたが、いつバレるだろうかとヒヤヒヤしていたので、それだけでミッションをクリアしたような気持ちになる。

会社を退職して二週間が経過。梅雨の長雨と悪阻《つわり》でうんざりしているときに、テンション高めの訪問者が楓香の元に現れたのである。

平日の昼。このマンションに楓香を訪ねてくる人はいない。友人たちは仕事があるし、両親はすでに亡くなっているので、こんな時間に楓香を訪ねてくる人はいないはずだ。

もし、いるとしたら天涯孤独になった楓香を親身になって助けてくれた父の友人家族である砂原《すなはら》家の面々ぐらいだろうか。

でも、彼らはアメリカにいる。物理的にもここに来るのは無理だ。

何度もインターホンを押され、セールスかと思って最初こそ無視をした。

だが、あまりのしつこさに根負けして玄関の扉を開くと、そこには格闘技の選手さながらのたくましすぎる男性、砂原亜嵐《あらん》が立っていたのだ。

「よぉ、久しぶり。楓香」

「……」

「ってか、会社を辞めたんだって？　転職か？　どこの企業に行くつもりだよ？」

「……」

「うちの楓香なら、どこの企業に行ったたって大丈夫だ。それより、どうして急に会社を辞めたんだ？　俺に相談がなかったじゃないか。淋しいじゃねぇかよぉぉ」

「……」

「あのいけ好かない皇氷雨がお前に何かしたんじゃないだろうな？　それが転職の理由だったら、俺は黙っていねぇぞ？」

「……」

「正直に話してみろ、楓香。ん？　お前、何で何にも言わねぇんだよ」

機関銃のように次から次に捲し立てられて、口を挟むのは無理だ。

いつものこととはいえ、彼のシスコンぶりに――本当の兄妹ではないのだが――困ってしまう。

――まさか、このタイミングで亜嵐くんが日本に戻ってきていたとは。

タイミングの悪さに、楓香は眉を顰《しか》める。

彼は外資系ホテルグループの社長をしている栄作《えいさく》と、アメリカ人であるキャシーの長男だ。

栄作と楓香の父親が親友で、亜嵐と楓香は所謂《いわゆる》幼なじみという間柄。

三十七歳である亜嵐と楓香は、年の差十歳。

亜嵐はとにかく楓香を妹のように、それは目に入れても痛くないといった様子でかわいがってくれた。

楓香にとって、お兄ちゃん的存在の人でもある。

中学生のときに母親が亡くなり、大学生のときに父親が亡くなって天涯孤独になったが、砂原家は楓香にとても優しくしてくれた。

今は仕事の関係でアメリカに居住を移している砂原家だが、日本にいる間も、そしてアメリカに移り住んでからも気にかけてくれている。

楓香にとって、砂原家は恩人といえる存在だ。

栄作が社長を務めている外資系ホテルグループ、コンステレイションホテルは日本支社があり、亜嵐は本社の専務という立場で監査のため日本へやってくることが度々ある。

彼は来日するとき、必ず楓香の顔を見に来るのだ。

こんなふうに口調ががさつな亜嵐だが、それはプライベートだけ。

ビジネスの場では、ホテルマンらしい紳士で物腰柔らかい口調と態度になる。

その変貌ぶりは、あっぱれ！　と賞賛したくなるほどだ。

御曹司である亜嵐はとても忙しいだろうに、監査がないときでも日本にひょっこり現れては楓香の顔を見ていく。シスコンぶりは、ずっと健在だ。

彼が気にかけてくれるのは本当に嬉しい。楓香はこれまで、どれほど亜嵐に助けてもらっただろうか。身内がいない楓香にとって、亜嵐の存在は心強い。

彼に、感謝している。それは間違いない。だけど——。

楓香は扉に背を預けて、盛大にため息をついた。

「あのね、亜嵐くん。そんなに一方的に話しかけられて、私が口を挟めると思う？」

「ははは！　わりぃわりぃ。ってことで、上がるぞ、楓香」

「はいはい、どうぞ」

彼が強引なのは、いつものことだ。半ば諦めて亜嵐を家の中に通した。

彼は両手にいっぱい荷物を持っているが、きっと楓香へのプレゼントだろう。

こうして彼が来日した際には、彼の両親からのプレゼントを山ほど持ってくるのが常だ。

もちろん、この中には亜嵐からのプレゼントもたくさんあるのだろう。

おじさんたちにお礼の連絡しなくちゃな、そんなふうに思いながら亜嵐に続いて入ろうとした。

だが、どうしてか大柄な亜嵐が立ち竦んでいるため、狭い廊下が塞がってしまっている。

彼に声をかけようとすると、亜嵐は手にしていたショッパーを、ボトンと音を立てて落とした。

その拍子で、ショッパーの中にあったものは廊下に散乱してしまう。

「どうしたの？　亜嵐くん」

単身者向けの１ＤＫの部屋だ。廊下といっても、短く狭い。

そんなところに身長二メートル近くてがっしり体型の亜嵐が立ち止まっていたら、楓香が部屋に入れないだろう。

「亜嵐くんが突っ立っていたら、中に入れ――」

ひょっこりと背後から、彼の視線の先を見る。

そこで、どうして彼が唖然としたまま立ち尽くしているのか理由がわかった。

今の楓香にとって、絶対に隠し通さなければならない物が転がっていたのだ。母子手帳だ。

それを見て、玄関に向かう際にバッグを倒してしまったのを思い出す。そのときに、バッグの中から飛び出してしまったのだろう。

すでに遅いだろうが、亜嵐の目の届かない場所に母子手帳を隠さなければ。

慌てるが、彼の身体が邪魔をしていて母子手帳を取りに行けない。

亜嵐はようやく部屋に入ったが、楓香が拾う前に床に落ちていた母子手帳に手を伸ばした。

表紙部分を見て、威圧的な態度で楓香を見下ろしてくる。

元々彫りの深い人なので、睨みつけられただけで身体が竦んでしまう。

「楓香」

「っ！」

楓香が怯えているのがわかったのだろう。

小さくため息をついたあと、亜嵐は感情を押し殺した様子でソファーに座ると隣をポンポンと叩く。ここに座れ、と言いたいのだろう。

これはもう逃げ隠れできない。観念した楓香は、彼に従ってソファーに腰を下ろした。

「で？　これはどういうことだ？　楓香」

「亜嵐くん」

「この母子手帳は、楓香の物で間違いないな」

「はい……」

渋々と頷くと、亜嵐は母子手帳を見ながら淡々とした様子で聞いてくる。

「保護者の氏名には、お前の名前しかないな」

「そう、だね」

「一人で産んで、育てるつもりなのか？」

この母子手帳を見ただけで、亜嵐は色々と悟ったのだろう。推察力がすごい。

亜嵐に隠し事などできない楓香は、早々に諦めた。

いや、自分の胸中を誰かに聞いてもらいたかったのかもしれない。

死んだ両親は結婚に反対されていたため、勘当同然で家を飛び出して結婚したので親戚とは疎遠だ。

友人たちにも言えず、かといって会社の同僚にも話せなかった。

どこから情報が漏れて、氷雨の耳に入ってしまうかわからない。それを恐れたからだ。

こうして楓香の妊娠について、知り合いに話すのは初めてである。

どうしてか、肩の荷が少し下りてホッとした。知らず知らずのうちに、気負いすぎて身体が硬くなっていたのだろう。

隣に座る亜嵐に向き直り、楓香は力強く頷く。

「うん、産む」

「楓香」

「一人で産む。その覚悟よ」

きっぱり言い切ると、亜嵐は天井を仰いで盛大にため息をついた。

「……楓香って、一度決めると考えを曲げねぇからなぁ」

「そう、かしら？」

「そうだぞ。結構頑固なところあるし。……ってか、相手の男は知っているのか？　楓香が妊娠しているのを」

「……」

黙りこくる楓香を見て、再び亜嵐は深く息を吐き出した。

「まぁ、そんな感じだよな。だから、覚悟を決めて一人で産む決意をしたってわけか」

母子手帳をテーブルに置くと、亜嵐は腕組みをする。難しい表情のまま静かに、だが怒りを込めた声で聞いてきた。

「男の名前は？」

「言わない」

断固として口に出すわけにはいかない。頑なに言い張る楓香に、亜嵐は猫撫で声で聞いてくる。

「相手の男には言わないから、俺にだけこっそり教えろ」

「イヤです」

「楓香ぁ〜」

「亜嵐くんに言ったら、この子の父親に夜襲をかけそうだからイヤ」

「何だよ。その男を庇《かば》うのか？」

口を尖らせて不服を申し立てる彼を見て、楓香は戸惑いながら視線を落とす。

「庇っていうか……。絶対に亜嵐くん、彼にいちゃもんつけに行きそうだもの」

簡単に想像できるので、亜嵐にはお腹の子の父親は言えない。

首を横に振って拒否すると、彼は胸を反らして自信満々な様子だ。

「あったり前だ。俺のかわいい、かわいい妹を孕《はら》ませておいて、何も知らずにいるなんて許されるわけねぇだろうが！」

抑えていた怒りを我慢できなくなったのだろう。

噛みつきそうな勢いの亜嵐を見て、楓香は改めて誓う。

――絶対に彼には氷雨のことを伝えるのはよそう。

亜嵐からは厳しく鋭い視線を向けられたが、楓香はゆっくりと視線をそらした。

それぐらいしか、彼から逃げる術はなかったからだ。

至近距離から亜嵐の圧を感じてますます身体を縮めていると、彼は質問を重ねてくる。

「シングルマザーになる覚悟なのはわかった。だけど、それなら会社にきちんと話して産休を取ればよかったんじゃないのか？」

「え？」

「ＹエスのＣＥＯ秘書は無理でも、他の仕事はあっただろう？」

「っ」

その通りだ。だが、会社にいるわけにはいかなかった。氷雨に楓香の妊娠を知られてはマズイからだ。

シングルマザーとして子どもを育てるのなら、勤めている会社で産休や育休を取る方がいいだろう。

復帰したときに職に困らないようにしておくのは大切なことだ。

Yエスは産休育休制度がしっかりとある。それなら尚更だと亜嵐は思っているはずだ。その通りなので、ぐうの音も出ない。

どうやって彼を誤魔化そうか。必死に考えていると、亜嵐は「まぁ、いいわ」とそれ以上聞くのは止めてくれた。

ホッと胸を撫で下ろしていると、彼は「で?」と話を変えてくる。

「これからどうするつもりだ?」

「え?」

「会社を辞めてしまって、どうやって子どもを育てていくつもりだと聞いているんだ」

「……」

それを言われると、耳が痛い。キュッと唇を噛み締める。

会社を辞めなくてはいけない状況だったとはいえ、本音を言えば職を失ったのは痛い。

貯金はある程度してあったし、両親が遺してくれたお金もある。当面の生活費などは、何とか賄《まかな》えるはずだ。

だが、いずれは働かないと親子二人食べていけない。子どもを産んで、託児所などを確保できたら働くつもりだ。

ヘッドハンティングしてくれた企業もあったが、これから出産をする身。さすがに一年以上は待たせるわけにはいかず、全て断った。

出産後落ち着いたら、就職活動をやり直す予定だ。

正直に亜嵐にそう告げると、彼は唸りながら何かを考え込む。

少しの沈黙のあと、爽やかな表情をした亜嵐は、あっけらかんとした口調でとんでもないことを言い出した。

「じゃあ、俺と結婚するか」

「は?」

「といっても、表面上の結婚だけどな」

「何を言っているの……?　亜嵐くん」

お腹に子どもがいるとわかったときも頭が真っ白になるほど驚いたが、亜嵐の発言にも驚きが隠せない。

呆然としていると、亜嵐は悪戯を思いついたとばかりにニヤリと意味深に笑った。

「契約結婚するぞ、楓香。お互いのメリットを追求しようぜ?」

「メリット?」

怪訝な表情を浮かべていると、彼は自信ありげに鼻を鳴らした。

「本音では、一人で出産することに不安を抱いている。そうだろう？」

「亜嵐くん」

「出産後は安静にしていなければいけないのに。楓香一人で子育てしながら自分の身体を回復させることができるのか？　人の手があればあるだけ助かるはずだ」

「っ……」

その通りだ。ずっと悩んでいたのは確かである。

会社を辞める前まではなんとか体調は保っていたが、辞めてからはホッとしたせいなのか。悪阻が、かなり酷い。

この前などは、街で気分が悪くなって通りすがりの女性に助けてもらったぐらいだ。

何も言えないでいる楓香の頭をガシガシと撫でながら、亜嵐はいつものようにお兄さん風を吹かせてくる。

「俺は楓香の兄として、困っている妹を見捨てるわけにはいかない」

「亜嵐くん」

「しかし、だ。うちの妹は本当に頑固で天邪鬼だ。砂原家で産前産後を過ごせと言っても、素直に頼るような女じゃない」

「……」

散々な言われようだ。しかし、彼の言う通りなので反論の言葉が出てこない。

黙りこくっているのが証拠とばかりに、亜嵐は「そこで、だ」と先程の提案を再度してくる。

「お前を助けてやるから、俺のことも助けろ」

「……え？　どういう意味？」

首を傾げると、彼は手を合わせて楓香に頭を下げてくる。急に殊勝な態度になったため、目を丸くした。

「俺の嫁役、してくれねぇ？」

「は？」

「俺は自分の意思で結婚をしていない。それなのに、周りが結婚しろと煩い」

亜嵐は三十七歳だ。大企業の御曹司なので、跡取りを望まれるのは仕方がないのかもしれない。

亜嵐は、とてもモテる。それなのに、なかなか結婚しないなぁとは思っていた。

その理由があるというのだろうか。肩を落とす亜嵐に、疑問をぶつけてみた。

「おじさんとおばさん、亜嵐くんに結婚しろって言っているの？」

「いや。あの二人は、すでに諦めているな。ついでに二人とも俺に来る縁談を断るのが苦痛になっているみたいだ。湯水のように溢れ返っているからな、俺への縁談話は。それを一つ一つ断るのは骨が折れるんだろう」

ははは、と軽快に笑ったあと、彼はグッタリして力なく項垂れる。

「俺と楓香が結婚するらしいと吹聴すれば縁談は全て白紙になる。めちゃくちゃ助かるんだよ」

亜嵐は本当に困っているようだ。戸惑っている楓香に何とか受け入れてもらおうとしているようで、彼は条件をいくつか挙げていく。

「結婚するといっても事実婚だと周りには伝えるし、もちろん籍は入れない。ただ、砂原の家にいてくれればいいんだ。それに、俺と二人きりで暮らすわけじゃない。うちの両親たちと一緒だ。親父たちには、楓香の今の状況なんかも話すつもりだし、今回の契約について両親には全て話す。だから、これは砂原家も一緒になっての契約だ」

「……」

「俺は縁談を退けられるし、楓香は安心して産前産後を砂原家で過ごせる。お互いWin-Winの関係だ。それもメリットだらけ！　お腹の子の父親について言及はしない。親父たちにも言い聞かせる。それは約束するから」

亜嵐の申し出はありがたい。一人で産前産後を乗り切れるとは到底思えなくて悩んでいたのは確かだ。

もし、楓香が亜嵐と事実婚を決めたことが周知になれば、亜嵐だけでなく彼の両親も助かるのだろう。

しかし、内容が内容だ。彼らの役に立ちたいとは思うけど、楓香の事情に彼らを巻き込むのは気が引ける。

返事を渋っていると、亜嵐は「不安になるだろうから、言いたくなかったんだけど」と顔を歪めた。

「お前の周辺を嗅ぎ回っているヤツがいるという情報をキャッチした」

「え?」

どういうことだろう。血の気が引いて青ざめた顔をしていると、亜嵐は真剣な面持ちで教えてくれた。

「YエスCEO、皇氷雨」

「っ!」

「あの男が、お前の身辺を探っているらしい。楓香、皇氷雨に探られるような何かをしたのか？　覚えはあるか？」

亜嵐の言葉が最後まで耳に届かなかった。ただ、氷雨が楓香を調べているという事実に動揺してしまう。

氷雨には転職先について言わなかった。だから、楓香の今後が気になって心配で調査しているだけならいい。

——もしかして、バレた……!?

楓香が妊娠していること。そして、お腹の子が誰の子なのかを探っているとしたらどうしたらいいのか。不安ばかりが込み上げてくる。

彼に黙って子どもを産もうとしているのを批難されても仕方がないだろう。しかし、万が一産まないでほしいと言われたら……？

——産みたい……。絶対に産みたい。

この秘密は、意地でも守り通さなくてはならない。

そうしなければ、あんなに悲しい思いをし氷雨から離れた意味がなくなってしまう。

氷雨のため。そして、楓香のために。何が何でも秘密は隠し通さなければならない。

氷雨との子を宿していると発覚したときから、楓香は一人で産む覚悟を固めている。

それを氷雨が知ったら……。どう思うだろうか。

考えたらきりがない。ただ、お腹の子どもは産みたいのだ。

逃げなくてはいけない。絶対に氷雨から逃げ切らなければ……！　この子の未来が閉ざされてしまうかもしれないのだ。

なりふり構ってはいられない。どんな手を使ってでも、この子は産んでみせる。

そう覚悟を決めると、楓香はすぐ様亜嵐に懇願していた。

「亜嵐くん。本当に申し訳ないんだけど……甘えてもいいかな？」

一瞬目を見開いた彼だったが、屈託ない笑顔を向けてくる。

「言っておくが、お互いがＷｉｎ－Ｗｉｎな関係だぞ？　甘えるのはお互いさまだ。俺だって楓香に無理なことをお願いしているんだから」

「亜嵐くん」

「ってか、遠慮するな。お前が遠慮すればするほど、砂原家は全力で構い倒すぞ。それを知らない楓香じゃねぇだろう？」

「そうだね。砂原のおじさんが、このことを知ったら……」

「腹の子の父親を探し出して、天誅を食らわすのは間違いないな。真剣を振り回す前に、制圧しておく方がいいぞ？」

何となく想像ができて、噴き出してしまった。

笑っている場合ではない。だけど、久しぶりに肩の力が抜けた気がする。それが嬉しかった。

クスクスと笑っていると、亜嵐は再び真摯な表情になり、もう一つ条件をつけてくる。

「ああ、そうだ。忘れないうちに契約解除の条件を伝えておく。まぁ、詳しくは弁護士立てて契約書を作成させるけど。契約解除については、きちんとしておかないとな」

亜嵐は部屋の入り口に置きっぱなしになっていた、たくさんのショッパーを手にしながら言う。

「腹の子の父親がお前を探し出して、愛しているから楓香を取り戻したい。そんなふうに言って楓香を求めてきた時点で、契約は解除だ」

まさかそんなことが契約解除の条件になるのだろうか。

しかし残念ながら、そんな事態にはならない。それだけは断言できる。

手を顔の前で振りながら、「ないない」と苦笑した。

「それは天地がひっくり返ってもないよ。そんなこと言って、亜嵐くんの方が先に解除をお願いしてくるんじゃないの？」

「はぁ？」

「亜嵐くん、好きな人ができるかもしれないでしょう？　そのときも契約解除って契約書に入れておいてね」

彼に手渡されたショッパーを受け取ると、亜嵐は少しだけ目尻を下げた。

「それは、ねぇなぁ……」

彼の声がとても淋しそうで目を見開く。亜嵐がこんなふうに弱っている顔を楓香に見せたことがなかったからだ。

こちらの視線に気がついたのだろう。亜嵐はその一瞬だけ見せた表情を隠し、いつも通りの彼に戻っていた。

「んじゃあ、来月中にはアメリカに行くぞ」

「よろしくお願いします」

亜嵐たちに迷惑をかけることはわかっている。だけど、今はとにかく氷雨から逃げなくてはならない。この秘密が守れるのであれば、どんな手でも使う。

今は亜嵐に甘えるしか逃げ道はない。だから、少しでも亜嵐の役に立つように頑張ろう。それぐらいしか、恩を返すことなんてできないから。

覚悟を決めて頷く楓香に、亜嵐は豪快に笑った。

「おう、よろしく頼むな！　楓香」

軽いノリの亜嵐を見て、気負っている自分が滑稽に思えて苦笑する。

何だかなぁ、と呆れている楓香だったが、亜嵐は何かを呟いた。

「ヤツが来るまで。仕方ねぇから、俺が守っておいてやるよ」

「何か言った？　亜嵐くん」

「いーや。何でもないぞ」

「……？」

どこか意味深な様子の亜嵐に、楓香は首を傾げた。

6

アメリカ、N.《ニュー》Y.《ヨーク》にある砂原家にやってきたのは、一昨年の七月。

亜嵐から詳しい経緯などは聞いていたようで、彼の両親は楓香を快く迎えてくれた。

亜嵐の父親、栄作に至っては、『楓香ちゃん。おじさんはね、いつでも戦闘態勢できているから』と真剣を取り出して何だか物騒なことを言っていたが、それも全て楓香を思っての優しさだとわかっている。

楓香のお腹にいる子どもの父親について言及したいところだろう。

楓香を孕ませた男――と栄作は思っているはず――に、色々な感情を抱いているのは目に見えてわかり、物騒な言葉が全てを物語っている。

しかし、栄作からは、それ以上今回の妊娠について問われなかった。

気遣いがとてもありがたい。今は、ソッとしておいてほしかったから感謝だ。

月日が流れて過去にできたときには、全てを話したい。そう思っている。

砂原家の皆からの愛をもらうたびに、その決意は固いものとなった。

『今は、とにかく自分の身体とお腹の子のことだけを考えろ。それ以外は、何も考えなくていい。いや、考えるな』

楓香が渡米する日。亜嵐は、有無を言わさぬ迫力で迫りそう訴えてきた。

息を呑んだ楓香が、約束させられたのは言うまでもない。

それからは、楓香に約束を必ず守らせるために……亜嵐を始めとする砂原家の皆が協力をしてくれたのだ。それはもう……手厚すぎるほどに。

妊娠中、心穏やかに過ごせたのは、砂原家のおかげだ。感謝してもしきれない。

そして、渡米した翌年初め。正月明けに、女児を出産した。

陣痛は二日間かかったが、安産と呼べるものだっただろう。母子共に健康で、まずはホッとし、感動と嬉しさで涙がなかなか止まらなかった。

名前は、雨音《あまね》。氷雨の文字を一字もらった。それに、彼と抱き締め合い、子どもを授かった名古屋の夜は、すごい嵐だったのでそれにも因《ちな》んでいる。

小さな天使は見ているだけで癒やされた。だが、それだけでは終われないのが育児だ。

何もかもが初めてで、手探り状態。慣れない育児に戸惑いつつも、皆の力を借りて何とか乗り切っている状況。

そうこうしているうちに首が据わり、離乳食や夜泣き、次から次に頭を悩まされ目が離せないことばかりだ。

新たな発見や悩み、幸せや嬉しさなどを感じながら日々を過ごしているが、育児は待ったなしの連続なのだと痛感している。

現在、雨音は一歳二ヶ月。ぷくぷくとした頬がかわいらしい。ヨチヨチと歩き出していて、目が全く離せない日々だ。

お話もできるようになってきた。とはいえ、まだまだ一語程度だ。

楓香の目を見て「マーマ」と言ったときには、不覚にも涙が零れ落ちそうになった。

この嬉しさを氷雨と共有できたらいいのに。雨音の成長を感じるたびに、切ない気持ちになりながら彼を思い出す。

彼とのことは過去にしなければならないのに、なぜか楓香の中ではあのときのまま時間が止まっている。

――今も氷雨さんが好き。

この気持ちは、きっとこれからも変わらない。だけど、少しずつ思い出にしていかなければならないとわかっている。

氷雨には、幸せになってほしい。それには、楓香たちは邪魔になる。お互い違う場所で幸せになる方がいいはずだ。

楓香が渡米してから一年八ヶ月が経ったが、この間の氷雨に関する情報は一切入ってきていない。

知るよしもないと言えばその通りなのだが、もし楓香が氷雨の現状を調べれば亜嵐に不審がられる。

どうして辞めた会社にいる上司の近況を今更知る必要があるのか。そう問われたら、答えようがない。

それに、氷雨にも楓香の居場所を知られたら困る。

色々考えても、楓香は氷雨には近づかない方がいい。心理的にも、物理的にも。

今は、とにかく雨音第一でいたい。母親として、しっかりと彼女と共に生きていく。

それが、一番の願いであり、責務だと思う。

それに、こうして天涯孤独となってしまった楓香を助けてくれる亜嵐や、砂原家の皆がいる。

手を差し伸べてくれた彼らに、少しでも恩を返していきたいのだが……。

雨音が積み木を持ってニコニコしているのを見ながら、小さく息を吐き出す。

今、楓香が砂原家にいるのは、亜嵐と契約結婚をしたからだ。

結婚と言っても事実婚扱いにし、籍は入れないことで合意している。

アメリカに行く前に、砂原家の顧問弁護士の元で契約を交わしたのだが……。

その契約があまりにも実行されなくて、楓香としてはモヤモヤしているのである。

契約についてあれこれ考えを巡らせていると、目の前に座って積み木に夢中になっていた雨音が声をかけてきた。

「マーマ」

雨音は、楓香に積み木を一つ手渡してくる。ニッコリとほほ笑む彼女がかわいくて仕方がない。

「ありがとう、雨音」

頬を綻ばせて積み木を受け取ると、雨音は満面の笑みを浮かべた。

こんなやり取りができるようになったのか、と雨音の成長の速さに驚かされてばかりだ。

この子のためなら、どんな苦境で苦難でも乗り越えてやる。そんな気になるのだ。

母は強し。自分の中にも確かに母性があるのだと、ここ最近思うことが多くなった。

妊娠が発覚した頃は、自分が母親になるということがピンと来なかった。

心構えが全くなかった上、突然の妊娠だから仕方がないかもしれない。

環境、そして気持ちの変化に加えて、身体の変化。めまぐるしく変わっていく自分に、戸惑うばかりだった。

自分は母親になれるのだろうか。そんな不安が脳裏を何度も過っていたあの頃。

今もそんな気持ちにはなるのだが、雨音と暮らしていくうちに自分も成長していければいいなと思っている。

先程受け取った積み木を「はい、どうぞ」と雨音に手渡す。すると、小さくてぷにぷにの手を差し出してきた。

手の上に積み木を置くと、雨音は花が綻んだように笑う。その笑顔が愛らしくて、思わず頬が緩む。

氷雨と皇家には、雨音の存在は一生隠し通さなければならない。

だが、こんなかわいらしい笑顔を見ると、彼にも見せてあげたくなってしまう。それは、絶対に叶わないのだけど。

再び、亜嵐との契約内容を考えていると、背後から声がした。

「お？　雨音。積み木、上手に持てるようになったなぁ」

「亜嵐くん！」

亜嵐はジャケットを脱いでソファーに放り投げると、ネクタイを緩めた。そして、雨音の視線に合わせるようにしゃがみ込む。

彼は、積み木を雨音に差し出した。だが、雨音は手を伸ばそうとしない。

どうしてなのかわからないのだが、雨音は人見知りが激しくて常に近くにいる亜嵐でさえも拒否するのだ。

亜嵐に限らず男性がどうやら苦手なようで、雨音はどんな男性であろうと拒絶反応を示すのである。

男性嫌いの前兆は、生まれてすぐから出ていたように思う。

新生児の頃も、六ヶ月になった頃も、なぜか男性が抱き上げると泣き叫ぶ。

赤ちゃんはよく泣くから、と亜嵐は最初は特に気にしていなかった。もちろん、楓香もそう思っていた。

だが、こうして雨音がスクスク成長してからも男性に対しての拒絶反応は続いている。

こうなると、本当に男性嫌いなのだと言わざるを得ないだろう。

首を横に振って嫌がる雨音を見て、亜嵐はガックリと肩を落とす。

「何だよ、雨音。俺とは毎日顔を合わせているだろう？」

ポカンと口を開いて亜嵐を凝視していた雨音だったが、ソファーに手を置いて掴まり立ちをすると、彼に背中を向けてしまう。

亜嵐の手を無視して向かった先は、彼と一緒に帰宅していた栄作の足元だった。

栄作がかわいいクマのぬいぐるみを持って、動かしていたからだろう。

誕生日を迎えた頃から、栄作には懐くようになった。それを見て亜嵐は悔しさを隠し切れない様子だ。

「ごめんね、亜嵐くん。雨音、結構気難しい子だから……」

かわいがろうとする亜嵐に対して雨音の態度はいただけないが、一歳児に注意したり、態度を改めろと言っても残念ながら通じない。

申し訳なくて亜嵐に謝罪をしたのだが、彼は肩を震わせて笑い出した。

「雨音は、お前の小さな頃にそっくりだよなぁ」

「え？　ええ!?」

驚いて声を上げると、亜嵐はニヤリと意地悪く笑う。

「楓香も男に過剰に反応していたからなぁ。それも、生まれてすぐの頃から」

「そ、そんなことは……」

さすがにそれはないだろう、と反論をしようとしたのだが、ふと過去の出来事が脳裏に過った。

乳飲み子の記憶はないが、幼稚園児だった自分の記憶は微かにある。

担任の先生が男性で、とっても優しくて面白い先生だった。それなのに、なかなか近づけなかったのだ。

先生は、あの手この手で楓香の頑なな心をほぐそうと努力してくれたのだが、最後の最後まで人見知りは直らなかった。

いつの間にか男性に対しての人見知りはなくなったが、当時楓香に関わってくれた男性には大変申し訳ないことをしたものだ。

そう考えると、楓香と雨音が似ていると言われても仕方がないのかもしれない。

今も昔も亜嵐には本当にお世話になっているのに、親子で人見知りを敢行していたなんて申し訳なくて仕方がなくなる。

「血は争えねぇよなぁ」

「うっ……」

それを言われるとぐうの音も出ない。ますます小さく縮こまる楓香に対し、亜嵐は雨音を見下ろしながら目を細めた。

「雨音の本当の父親なら、抱っこさせてくれるのかもしれねぇな」

「え？」

ハッとして彼を見ると、真剣な眼差しで楓香を見つめていた。視線が合うと、彼は表情を緩める。

「おじさん……。楓香の親父さんにだけは、抱っこをせがんでいたし、拒絶はしなかったぜ？」

「そう……だったかな？」

氷雨の顔が過り、だけどそれを口に出すのは憚られる。誤魔化すように、子どもの頃の思い出を忘れたふりをすると、彼は小さく息を吐き出した。

「何か悩んでいるのか？」

先程までの口調とは違い、どこか真剣味を帯びている。目を瞬かせていると、亜嵐は再び息を吐く。

「俺が部屋に入ってきたとき、どこかボーッと考え込んでいるように見えたけど？」

さすがは亜嵐と言うべきか。昔から楓香の異変にいち早く気がつくのは彼だった。

今度は、楓香がため息をつく番だ。小さく息を吐き出し、「うん」と彼の問いかけを肯定した。

「亜嵐くんに聞きたいことがあって」

「ん？　何だ？」

ワイシャツの袖ボタンを外している亜嵐に、楓香はここ最近の不安をぶつけてみた。

「契約のことよ、亜嵐くん」

「契約？」

「とぼけないで。私たちの間には〝契約〟があるでしょう？」

「……」

知らぬふりを続ける亜嵐は、雨音に近づいていく。その背後を追いかけるように、楓香は彼の背中に言葉を投げかけた。

「私、亜嵐くんの役に全然立っていないよね？」

楓香の声を聞き、雨音を見て笑っていた栄作の表情が一瞬止まった気がする。

違和感を覚えたが、依然として楓香に背中を向けている亜嵐に問いかけた。

「私、すごく亜嵐くんやおじさん、おばさんに感謝しているの」

「……」

「でも、私がこうして砂原家に厄介をかける代わりに、私は亜嵐くんと事実婚の偽パートナーになった。だから、アメリカにやってきたのよ」

「……」

「きちんと弁護士さんが作成した契約書にもサインした。そうよね？　亜嵐くん」

彼は、ずっと楓香に背中を向けたままだ。

痺れを切らして彼の目の前に回ったのだが、亜嵐はそっぽを向いている。

「亜嵐くん！」

と彼を呼ぶと、肩を竦めて首を左右に振った。

「何を言い出したのかと思えば」

「え？」

「もう、しっかりと楓香は契約条件を満たしている。安心しろ。俺の役にかなり立っているんだからな」

ポンポンと楓香の頭に触れながら、唇に笑みを浮かべている。だが、どうしても腑に落ちない。

彼の手をゆっくりと払いのけ、真摯な目で見上げる。

「本当に役に立っているの？」

疑心暗鬼になって言うと、彼はプッと噴き出して笑い出す。

「楓香のそういう真面目なところ、いいよな。さすがは、元秘書だな。いや、今も私設秘書だったな」

「もう、茶化さないで！　亜嵐くん」

雨音が一歳になった頃から、彼のスケジューリングなどを主に調整する私設秘書として働き始めた。

それと同時に、砂原家の母屋ではなく使用人が住む居住に移動させてもらっている。敷地内なので、こうして母屋に呼ばれることは多々あるが、生活の拠点は母屋から移して雨音と二人で暮らしているのだ。

楓香の立場は、亜嵐の偽パートナー兼、私設秘書である。

家族ではなく砂原家の使用人の一人となっている以上、馴れ合いはよくない。一定の距離を保ちながら、砂原家と付き合うようにしたのである。

砂原家の面々は「そんなことしなくていい」と最後の最後まで反対したが、半ば無理やり仕事をさせてもらい、生活も別々にした。

この立場になってからは、〝自分たちのことは自分たちで〟を目標として暮らしている。

契約がいつまで続くのか、わからない。

でも、いつでも二人で生きていけるように準備だけはしておかなければと思い、仕事をさせてもらっているのだ。

だが、それだけでは砂原家への恩を返せない。契約の実行をしてこそ、楓香がこの場にいる意味がある。そう思っているのだ。

眉間に皺を寄せて、彼を睨みつける。こちらとしては、真剣に話をしているのだ。うやむやにしようとする彼に釘を刺すように、楓香は腰に手を当てて彼を鋭い視線で見つめ続ける。

「本当のことを言って？　どう考えたって、亜嵐くんの力になっているとは思えない。縁談避けに本当になっている？」

交換条件があったからこそ、砂原家の好意に甘えさせてもらっているのである。契約通りの役割を楓香がしていないとなれば大問題だ。

亜嵐の役に立つのならとアメリカまでやってきたのである。

こうして育児をしていて、人の助けがどれほどありがたいかは身に染みている。だからこそ、今も日本にとどまっていたらと考えると怖くなってしまう。

色々な不安に押しつぶされていたに違いない。妊娠中からここまで情緒不安定になったり、身体が辛いときなどがあったからだ。

人の温かさに甘えさせてもらっているからこそ、心穏やかな気持ちで雨音を育てていける。この環境を与えてもらえて感謝しかない。

だから、もし亜嵐の役に立っていないのなら、それは改善しなければならないだろう。

彼に率直な気持ちを伝えると、豪快に笑い出した。

「相変わらず心配症だなぁ、楓香は」

「亜嵐くん、私は真剣に――」

抗議しようとする楓香を制止するように、亜嵐は「大丈夫だ」と力強く頷く。

「楓香の存在は、すでに周知の事実だ。だからこそ、俺は仕事にだけ打ち込めている。楓香には、本当に感謝しているんだぞ？」

「……」

「それに私設秘書の存在にも助けられている。ＹエスのＣＥＯは、楓香を手放して悔しがっているだろうよ」

信じ切れていない楓香を見て盛大にため息をつき、彼は栄作に話しかける。

「なぁ、親父。楓香がここで一緒に住んでいるって、世間に広まっているよな？」

栄作は雨音とクマのぬいぐるみで遊びながら、朗らかに笑った。

「ああ、楓香ちゃんがうちのバカ息子のパートナーだという話は広まっているよ。だから、縁談が激減したんだ。断るのが大変だったのが、今では嘘のようだよ」

「そう……ですか」

「心配しなくても大丈夫。楓香ちゃんのおかげで亜嵐は助かっているし、煩わしい作業も減っている。その上、こうして雨音ちゃんを抱かせてもらっているし。楓香ちゃんには、感謝してもしきれないね」

雨音の頭を撫でながら、栄作は楓香にふんわりとした笑みを向けてきた。

「楓香ちゃん。アメリカに来た選択は間違いじゃなかった。そう思ってほしいな、おじさんは」

「おじさん……」

胸が熱くなる。涙ぐんでいる楓香に、栄作は「とにかく……」と言いながら立ち上がる。

「公の場に出ていないから実感がないだけだよ、楓香ちゃん」

「はい」

栄作がここまで言うのだ。信じるしかない。

素直に頷く楓香を見て、亜嵐は面白くなさそうだ。

「何だよ、楓香。親父の言葉なら信用するのか？」

「別にそういうわけじゃないけど……」

慌てて否定する楓香に、亜嵐は意味深な笑みを浮かべた。

「大丈夫、今までは楓香の体調が気がかりだったし、雨音の育児に専念してもらいたかったから大人しくしてもらっていただけだ」

「え？」

クマのぬいぐるみを持ってご機嫌な雨音を抱き上げようとした楓香に、亜嵐は不敵な表情で言った。

「これからは、俺のパートナーとして表に立ってもらうつもりだから」

「そう、なんだ……」

ようやく亜嵐と砂原家の役に立てる。ホッとしたのだが、亜嵐の次の言葉に身体が硬直した。

「日本に行くことになった」

「え？」

「取りあえず半年、日本支社を任されたから。住まいを向こうに移すつもりだ。もちろん、楓香と雨音にもついてきてもらう」

「……」

日本に戻る。氷雨がいる、日本に……。

これからは表に立ってもらう。亜嵐はそう言った。

そうなれば、いずれ氷雨と顔を合わせるだろう。

そのとき、平静でいられるだろうか。ギュッと雨音を抱き締めると、彼女はキャッキャッと声を上げて笑った。

雨音の声に少しだけ落ち着きを取り戻したが、どうしたって氷雨のことを考えてしまう。

彼は今、どんなふうに過ごしているのだろう。彼の隣にはもう、許嫁の女性がいるのだろうか。結婚しているのだろうか——。

考えだしたらきりがない。心が波立つ。そんな感情を久しぶりに抱きつつも、どうしてだか彼に会えるかもしれないと思うと心が浮き立っている自分に気がついてしまった。

自分から逃げ出したくせに、都合がよすぎるだろう。

——それに、今更どんな顔をして氷雨さんに会えばいいというの？

氷雨はＹエスのＣＥＯな上、実家は国内屈指の企業である皇鉄鋼だ。パーティーなどの公式な場所に、出てくるのは確実である。彼から逃げるという手は使えそうにもない。

楓香は、亜嵐のパートナーとして氷雨と再会するだろう。

噂はすぐに広まり、彼と会わなくなってから子どもを産んだこともいずれ耳に入る。

そのときに、どうやって誤魔化せばいいのか。

考えれば考えるほど、わからなくなってしまう。

黙ったまま立ち尽くしている楓香に、亜嵐はどこか楽しげに忠告をしてきた。

「ひと月後、日本に戻るから。心の準備だけはしておけよ？　楓香」

「あ……うん」

心の準備という言葉に少しだけ引っかかりを覚えたが、きっとこれからは亜嵐との関係が公になるからだろう。

しかし、今の楓香はそれどころではなかった。

ひと月後の日本でどんなことになるのか。何も想像ができず、ただただ心が落ち着かなくなった。

7

現在、楓香がいるコンステレイションホテルのバンケットホールでは、日本支社の支社長就任パーティーの真っ最中だ。

支社長となった亜嵐は壇上での挨拶を終え、あちこちで談笑をしているはずである。

本来なら楓香もパートナーとして彼の隣に立つべきで、そして楓香自身も傍にいるつもりでいた。

楓香が亜嵐の隣に立つことで、女性から送られる秋波、娘や孫を砂原家に嫁がせたいと目論む企業の重役たちに牽制できる。

そのためには、事実婚をしている――と周りに思わせているのだが――亜嵐のパートナーの存在が重要となるのだ。

楓香が亜嵐の隣にいれば、事実婚の噂が浸透していく。それが、一番効果をもたらすはずだからだ。

とはいえ、強気なお嬢さまからは、「事実婚で籍を入れていないのなら、私にもワンチャンあるかも!」と迫ってくる女性は出てくるのではと警戒しているのだけど。

楓香の存在が、どれほど功を成すのかは未知数だ。だけど、少しでも亜嵐の役に立ちたいという気持ちは変わらない。

しかし、事態は急変。亜嵐の傍にいられなくなってしまったのだ。

雨音はこのホテルの最上階で藤《ふじ》という砂原家が日本在住の頃に頼んでいた家政婦兼ベビーシッターに見てもらっていたのだが、楓香の姿が見当たらないと気がついてしまったようで大号泣していると亜嵐に連絡が入った。

それを聞いた亜嵐に「ここはいいから、楓香は雨音のところに行ってやってくれ」と言われて半ば無理やり部屋に向かうように仕向けられたのである。

最初は、さすがに迷った。亜嵐のパートナーとして振る舞うのが、今夜の楓香の仕事だからだ。

ここまで亜嵐の役に立てずにいた。

このパーティーでは、今までできなかった事実婚の偽パートナーを演じる気満々だったのに。

もちろん雨音のことを考えると、すぐにでも駆けつけたい。

ユラユラと感情と理性が揺らぎせめぎ合ってもいた。

だが、親子二人が、平穏な生活ができているのは砂原家の協力があるからこそだ。

しっかり任務を全うしなければならない。

雨音の元には戻れないと主張したのだが、亜嵐は首を横に振り続けた。

「約束を忘れたか？　お前はいかなるときも、雨音を優先する。それは約束しただろう？　楓香、契約違反はするなよ？」と窘めたあと、彼は秘書を呼んで渋り続けている楓香を会場の外へと連れて行けと命令したのである。

強引に会場から追い出されてしまったのは仕方がないのだろう。亜嵐が言っていたことは事実だからだ。

彼と締結した契約書に、その一文は確かに記《しる》されている。それを粛々と亜嵐は遂行しただけ。そう言われると何も言えなくなる。

しかし、こういう場で亜嵐のパートナーとして役に立たなかったら、交換条件の意味がない気がするのだが……。

そんな消化できない思いを抱きながら、急いで雨音がいる部屋へと向かった。

「雨音、ごめんね」

慌てて部屋に入ると、藤が「シーッ」と唇に人差し指を付けて静かにと目線で伝えてくる。

口を押さえてベビーベッドに近づくと、そこには健やかな表情で寝息を立てている雨音がいた。

「あんまり泣くもので、亜嵐さんに連絡をさせていただきました。事前に、雨音ちゃんが泣きぐずるようならすぐに連絡が欲しいと頼まれていましたので。でも……」

藤は苦笑いを浮かべて、寝入っている雨音を見る。

「連絡を入れたあと、グズグズしていた雨音ちゃんはコテンと眠ってしまったんです」

「お手数をおかけしました」

やはり亜嵐が前もって藤に雨音がぐずったら連絡が欲しいとお願いしていたのか。

そうでなければ、大事なパーティーの途中であると理解している藤が亜嵐に電話連絡をするはずがない。

雨音のことになると、亜嵐は途端に甘くなる。そして、雨音が心配でソワソワしている楓香にも気がついていたのだろう。

相変わらずの亜嵐の過保護ぶりにありがたく思いつつも、小さくため息をついた。

スヤスヤと気持ちよさそうに眠っている雨音を見て、眉尻を下げる。

いつも顔を合わせている藤とはいえ、知らない場所というだけで不安だったはず。

その上、楓香もいなかったのだ。泣いてしまうのも仕方がない。

雨音には、可哀想なことをしてしまった。だが……、と今後に思いを馳せる。

産休明けで仕事に復帰する母親は、皆が色々な思いを抱えているだろう。

遅かれ早かれ、楓香も世の母親と同じ立場になる。こういった事態は、必ず訪れるはずだ。

そのときは、後ろ髪引かれるような気持ちで仕事に出かけるのだろうか。

いずれ楓香は企業に就職して仕事に復帰したいと考えているが、どうなるかは今のところわからない。

亜嵐との契約では楓香の外部での仕事復帰については盛り込まなかったからだ。

契約を結んだ時点では、楓香がフルタイムで働くのは時期尚早だったこと。そして、働けるようになったときに改めて考えようと亜嵐に説得されたからだ。

彼のパートナーとしての仕事が多ければ、再就職をするべきではないだろう。だが、実際どうなるのだろうか。

契約は一年ごとに更新する約束になっている。

今回の契約を締結したのは、昨年の七月。今、四月なので、しばらくしたら再契約の話を亜嵐とする予定だ。

そのときに、楓香の再就職の件を亜嵐に話してみなければならない。

どれほどの期間、亜嵐の事実婚の相手としての立場でいるのか。

今の時点ではわからないが、彼の周りが諦めるまで続けるのだろう。

今後を思うと、色々な面で考えなくてはならない問題が多々ある。

──でも、今できることをしなくちゃね。

雨音のすぅすぅという規則正しい寝息を聞き、幸せを感じて頬が緩む。

この子のため、そして砂原家のために自分がしなくてはいけないことをきちんと考えなければならない。

現在、楓香は亜嵐にとって契約相手だ。交換条件の上で決められた役目を全うする義務がある。

ぐっすり眠っている雨音の頭をゆっくり撫でてから、藤に頭を下げた。

「スミマセン、また会場に戻ります。お願いできますか？」

「もちろんですよ。何かありましたら、すぐに連絡しますね」

後ろ髪を引かれる思いで部屋をあとにする。

エレベーターに乗り込み、バンケットホールがある階へと急ぐ。

指定階へと着くと、エレベーターはゆっくりと扉が開く。だが、その時間さえも惜しいとばかりに、楓香はエレベーターを飛び出した。

早く亜嵐の元に戻って、自分の任務を遂行しなければならない。それだけしか頭になく、ただ足早に会場へと向かう。

今日の楓香は、和服姿だ。キャシーの古くからの友人に呉服問屋を営んでいる女性がいて、彼女に見立ててもらった着物を着ている。

借り物を汚すわけにはいかない。和服にあまり知識がない楓香でも、この着物がかなり上等なものだとわかる。

裾捌きには特に気をつけつつ、前をまっすぐ見つめた。だが、先を急ぐ楓香の足はだんだんとスピードが落ちてくる。

最後は、その場に立ち止まってしまった。会場の入り口まで、あと数十メートル。

絶対に会ってはいけない人物が、楓香の姿を見つけてしまったようで動きを止めた。

――う、うそ……。どうしよう！

その人物が掛けているメガネの奥の目が大きく見開き、ゆったりと細まる。

照準が定まった、と男性の口元に笑みが浮かんだのを確認したとき、ようやく自分の身が危ういと気がつく。

今夜、一番気をつけなくてはいけない相手だったのに、こんな形で遭遇してしまうなんて。

だが心のどこかで、この再会を喜ぶ自分がいた。

こんな感情を抱いてはいけないのに、どうしたって嬉しさが募っていく。

身体の奥から熱が込み上げてきて震えてしまう。

ドキドキしすぎて苦しい。でも、彼をずっと見続けていたい。

色々な思いが葛藤している中、ハッと我に返る。

——逃げなくちゃ！

会場に向かうより、今は一刻も早く彼から離れなくてはならない。

すぐさま踵を返し、来た道を戻る。エレベーターに乗ってしまえば、逃げられるだろう。まずは、雨音がいる部屋に逃げ込んだ方がいい。

絨毯が一面に敷かれたロビーに悪態をつきたくなる。フカフカしすぎていて、走りづらい。

何より、楓香は着物を着ている。洋服と比べると動きが鈍くなってしまう。

人の目など気にせず、裾を捲り上げて走り出したいところだ。しかし、さすがにそんな行動を取ることはできない。

必死に足を動かしてエレベーターホールまで辿《たど》り着く。運よく上階に行くエレベーターの扉が開き、そこに飛び込んだ。

すぐさま〝閉〟のボタンを何度も押して、扉を閉める。

ゆっくりと閉まる扉を見て、ようやくホッとした。だが、あと少しで閉まるという瞬間だ。

両手が差し込まれ、無理やり扉がこじ開けられてしまう。そして、扉を開けた人物が、不敵な笑みを浮かべていたのだ。

声にならない叫び声を上げた楓香を見て、その人物は目を細めて声をかけてくる。

「久しぶりだな、楓香」

声を聞き、楓香の心と身体が甘く痺れた。

「……皇、CEO」

楓香の声を聞いた氷雨は、唇に笑みを浮かべる。

久しぶりに見る魅惑的な彼の顔を見上げている間に、エレベーターの扉はゆっくりと閉まってしまった。

「あっ！」

慌てて〝開〟のボタンを押そうとした手は、氷雨に掴まれてしまう。そして、楓香の代わりに氷雨がどこかの階のボタンを押す。

一瞬、時が止まった気がした。見つめ合っている間に、エレベーターは動き出す。

上昇していくエレベーターの中で、氷雨は楓香の手首を掴んだままだ。

頭が真っ白になっていたが、彼からの体温を手首に感じてようやく我に返った。

「は、離してください」

慌てて手を引いたのだが、氷雨は楓香の手首を離そうとしない。

むきになって手を振り彼の手を外そうとしたのだが、反対に手首を引っ張られてしまい彼に引き寄せられてしまう。

「楓香……」

「っ！」

耳元で囁く彼の声を聞き、涙が溢れてきそうになった。

もう会えない。そう思って彼の元を去ったのは楓香だ。彼の幸せだけを考えて、立ち去ったのは梅雨の時期だった。

あれから、もうすぐ二年が経つ。だけど、こうして彼の声を聞き、彼の目を見てしまうと鮮明に思い出してしまう。好きだという気持ちを――。

封印していた恋心が、艶やかに湧き出してくる。抑えようとしても、止まらなかった。

彼にギュッと抱き締められて脳裏に浮かぶのは、春の嵐の中で抱き合ったあの夜のこと。

心が痛くて切なくて、甘くて幸せで。これで何もかもが終わってもいい、そんな気持ちで彼の手に愛された。

身体が動かない。この熱に包まれていたい。思ってはいけない感情が楓香の心に渦巻く。

エレベーターがどこかの階に止まったようで、その揺れで楓香はハッとする。

彼から離れなくてはいけない。早く、パーティー会場へと戻って亜嵐のパートナーとしての仕事を全うしなければならないだろう。

氷雨の胸元を押して彼の腕から逃れようとするのだが、びくともしない。

困り果てていると、彼は楓香の拘束を解く。だが、すぐに手首を再び掴まれた。

氷雨は楓香の手を引いて、エレベーターを降りようとする。

仕方なく楓香も同じように降りたのだが、それ以上は動かないと拒む。

「離してください、皇ＣＥＯ」

「……」

「ＣＥＯ！」

「違うっ！」

彼は不機嫌な気持ちを隠しもせずに声を荒らげた。

驚いて彼を見上げると、真摯な目で楓香を見下ろしている。

メガネの奥の目は涼やかなのに、どこか熱が込められたように熱く感じた。

彼のまっすぐな視線と楓香の不安な視線が交じり合う。

幾重にも絡み合った視線は、どうしたって解けない。

氷雨は興奮していた自分を戒めるように視線を泳がせたあと、小さく息を吐き出した。

「君は、もう俺の部下じゃない」

「っ」

その通りだ。だが、彼の言葉に言いようもないほど傷ついている自分がいた。

部外者だと突きつけられたように感じてしまう。でも、傷つくのもおかしな話だ。

彼が言うように、楓香はYエスの社員でも、彼の秘書でもないのだから。

楓香は唇を歪ませて胸の痛みに耐えていると、彼は柔らかい声で懇願してくる。

「あの夜みたいに……氷雨と呼んでくれ」

「え?」

「上司と部下じゃない。今は違う関係だろう?」

胸がドクンと一際高鳴ってしまった。氷雨の表情が、あまりに情熱に満ちていたためだ。

感情が込み上げて何も言えないでいると、彼は楓香の手首を引いて歩き出す。

「あ、えっと……どこに？」

「二人きりで話せるところに行こう」

氷雨とこうして会っている場合ではない。拒絶しなくてはと思うのだが、この手をどうすればもう一度振り払えるのか。楓香には、わからなかった。

手首から伝わる熱が、あの夜を思い出させ逆らうことを身体が拒否する。

氷雨に連れて行かれた先を見て、目を見開く。

「……っ！」

空中庭園。そういえば、このホテル内には庭園があると聞いていた。

先程まで降っていた雨は止んでいて、水滴が照明に照り返されていてキラキラと輝いている。

氷雨の言う通りで、雨上がりの庭園に人は誰もいない。

眼下に広がるのは東京のビル群。煌びやかな夜景に目を奪われる。そして、頭上には――。

「キレイ……」

雨上がりの空を彩る満月。手に届きそうに思えるほど大きな月に魅了された。

見惚れていた楓香だったが、今はそれどころではないと我に返る。

氷雨を見上げたあと、掴まれている手首に視線を向けて離してほしいと促した。

「スミマセン。私、今とても急いでいるんです」

「……」

「離していただけませんか？」

氷雨は、決して強引な男性ではない。楓香が本気でお願いすれば、解放してくれるはずだ。

時間が欲しいと言われれば、それに応えるつもりでいる。だから、今すぐ手首を離してほしい。

懇願する目で彼を見上げたのだが、次の言葉に顔が引き攣る。

「それは無理だ」

「……は？」

思わず秘書時代では絶対に出さなかった呆けた声で驚きを表すと、彼は小さく噴き出して笑った。

「素の楓香は、かわいいな」

「っ！」

「そういう肩の力が抜けた、素の楓香をもっと見たいとずっと思っていた。それなのに……」

「え？」

氷雨が楓香の頬をひと撫でしてきた。その瞬間、刷毛で塗られたように顔が赤くなってしまう。

ジッと楓香を見つめる彼の瞳には、不満の色が濃く映っている。

「俺の手をすり抜けて逃げてしまった。捕まえようと思っていた矢先に……な」

「っ！」

「あのとき、君を逃がさなければよかった」

「え……？」

「俺にとって、人生最大のミスだ」

「ミスって……」

「もう、絶対に逃がさない。逃がしたくない」

「な、何を言って――」

戸惑って彼を止めようとしたのだが、それを振り切って真摯な目で言ってくる。

「君が好きだ」

「え？」

「君を抱いた夜。俺は言っただろう？　忘れたくても忘れられない恋をしていると。その相手は、楓香。君のことだ」

「っ！」

「君が幼なじみである男と付き合っているという噂を聞いて、口説くことができなかった。だから、あの夜はチャンスだと思った。恋人を忘れようとしている君を、我が手にするチャンスだと」

「……」

「何が何でも奪ってやる。そう思って君を抱いた。だが、疲れて眠ってしまった君は、涙を流しながら寝言を言ったんだ。忘れたくない、と」

「え？」

「付き合っている男のことだと思った。だから、君の心の傷が癒えるまでは今まで通りの関係でいた方がいいと判断した。もちろん、徐々に君を口説く予定ではいたのだが……」

「それで……」

息を呑む。言葉が出てこない。

名古屋で過ごした翌日。彼は楓香のことを思っていつも通りの態度をしていたというのか。

再会して色々なことが一気に起こりすぎて頭が混乱する。考えが追いつかない。

気になるワードがいくつかあった気がするが、頭が真っ白になってしまって何も考えられなかった。

ただ、彼から必死な雰囲気だけは伝わってくる。それだけはわかって、恥ずかしくて堪らなくなった。

こんな甘い言葉を彼が楓香に言ったのは、名古屋での一夜のみだ。だからこそ、あの夜を必然的に思い出してしまうのかもしれない。

ここで盛大に恥ずかしがっては、氷雨の知っている完璧秘書である涼野楓香ではないだろう。

気を引き締めて、無表情になるように努める。

「皇さん、揶揄うのはおやめください」

「……」

「皇さん？」

呆気に取られたような表情を浮かべて楓香を凝視している彼に声をかけると、彼は目尻を下げて笑う。

「久しぶりだな。クールビューティーな涼野楓香は」

「っ」

「クールな秘書殿の顔ももちろん好きだが、秘書じゃない楓香の顔もいい。かわいい」

「な……っ！」

目の前にいるのは、本当に常に冷静沈着な皇氷雨だろうか。

目を疑うほど、楓香が知っている彼とは百八十度も違う。

ただ、例外はベッドの中の彼だ。こんなふうに何度も楓香を褒めてはかわいがってくれた。

もうやめて、とお願いするほど、甘く囁く声に身体が反応したことを思い出してしまう。

しかし、目の前で蕩けてしまいそうな言葉を連発しているのは本当に氷雨なのだろうか。

誰もいないとはいえ、公共の場で甘い言葉を囁くような人ではなかった。

楓香が知らない、皇氷雨の一面。それを目の当たりにし、ますますわからなくなる。

目を丸くして驚く楓香を見て、氷雨は眉尻を下げて淋しげに笑う。

「……ずっと、後悔していた」

「え？」

「変なプライドと意地で……大事なモノをなくした。そのことに、ずっと……」

「どういう意味――」

氷雨の陰りある表情を見て、それ以上は言葉を紡げなくなってしまう。

どうして彼がそんな表情をし、何に後悔しているのか。

後悔という文字からは無縁のような氷雨だ。いつも自信が満ち溢れているように見える彼が、こちらが苦しくなるほど悲しそうな表情を浮かべ何に後悔をしているのだろう。

気になるが、早くこの場を離れなければならない。

だが、こんな氷雨をそのままにしておくわけにはいかないだろう。そんな感情が湧き上がってくる。

揺れ動く気持ちに気を取られていたから、逃げ遅れてしまったのかもしれない。

氷雨は急に楓香の両肩に手を置き、顔を覗き込んできた。メガネの奥の目が、雄を意識するような色に変わる。

氷雨はゆっくりとメガネを外すと、あの夜を彷彿とさせるようなキスを仕掛けてくる。

「フッ……ん、……っ」

肩を引き寄せられ、何度もキスをされる。強引なそのキスに驚きが隠せない。次第に蕩けていく身体と思考に、為す術もないのだと悟った。

何度も角度を変えて唇を重ねられる。彼の唇が離れたときには、膝から崩れ落ちそうになってしまう。

咄嗟《とっさ》に氷雨が抱き留めてくれたからよかったものの、地べたにしゃがみ込んでしまうところだった。

着物を汚さずに済んでよかったが、全然ホッとなんてしていられない状況だ。

警鐘が頭の中で鳴り響いている。早く氷雨から離れなくてはいけない。

これ以上、彼の傍にいたら、今までの努力が全て水の泡になる。そんな気がした。

楓香が渡米したあとの、氷雨のことは何も知らない。知る方法もなかったし、知ったところで何も変わらないだろうと思っていた。

ずっと気にはなっていたが調べる術がなかったのだ。

しかし、彼は家同士の繋がりで、泰造が勧めていた縁談を受けたはず。それなのに、楓香にキスなんてしてはいけないだろう。

彼から飛び退き、辺りを見回す。幸い人の目はなかったが、これ以上彼と一緒にいてはあらぬ噂が飛び交うはめとなる。同時に、亜嵐にも迷惑がかかってしまうだろう。

なめらかな動作でメガネを掛けた氷雨を、冷たい言葉で突き放す。

「こういうことは、止めてください」

「楓香」

「私には事実婚をしているパートナーがいるんですから」

唇を手の甲で拭う。せっかく塗った口紅が落ちてしまったが、構ってはいられなかった。

彼からの体温を早く忘れなければならない。そして、これは氷雨に対しての決別だ。

婚約者がいる、もしくはすでに結婚しているであろう男性が、昔の部下にキスをするなんてあっていいはずがない。道理に反する行為だ。

――動揺していると悟られませんように。

はち切れそうになるほどドキドキしている胸をさりげなく押さえながら、その場をあとにしようとする。

だが、次の氷雨の言葉に驚愕のあまり立ち止まってしまう。

「事実婚の相手は、砂原亜嵐か。今日のパーティーの出席者は、皆が皆、楓香が彼のパートナーだろうと考えているようだが……。彼は、君とは結婚しない。事実婚なんてあり得ないな」

「どうして、そんなふうに言い切れるのですか？」

「さぁ？　どうしてだろうな。君に関することならお見通しだとだけ言っておく」

あまりにきっぱりと言い切るので、目を見開いてしまう。氷雨は、どんな情報を掴んでいるというのか。

しかし、これだけ自信満々なのは、かなり核心をついた情報を彼が握っているという証拠だろう。

すぐに冷静さを取り繕わなければと必死になる。

どれだけの情報を氷雨が持っているのか、わからない。だけど、どうしたって過去は戻らないし、隠しておかなければならない秘密があるのも事実だ。

あのときの縁談はどうなったのか。

もし、破談になっていて楓香を求めてくれていたとしても、彼は皇家の跡取りだ。

何も持っていない楓香では、彼の隣に立てない。

彼の幸せを考えれば、楓香が彼を好きだということも、雨音の存在も伝えてはいけないのだ。

身体が硬直したままで、立ち尽くすしかできない。足先に力が入り、舗道のタイルを擦りジリッと草履《ぞうり》が鳴る。

氷雨は、楓香の心が波立っていると気がついているかもしれない。

そう思うと、不安と心配で振り返るのが怖くなった。

彼の足音がだんだんと近づいてくる。そのたびに心臓が軋むように痛み、ますます動けなくなった。

氷雨は、淡々とした口調で続ける。

「この茶番が、全て嘘だってことは把握している」

「……っ」

氷雨が、背後から楓香を抱き締めてきた。抵抗をしたのだが、その力は弱々しい。

彼の熱に包まれていたら、何もかもを投げ出して彼に縋りたくなってしまう。

貴方の血を分けた子どもがいる、本当はずっとずっと貴方が好きだったということも。

貴方を思って逃げ出した過去も——全部伝えてしまいたくなる。

キュッと唇を噛み締めたが、氷雨の言葉に崩れ落ちてしまいそうなほどの衝撃を覚えた。

「会社を去ったのは、君が妊娠したからだ。そして、その子どもは俺の子だ」

息が止まるかと思った。どうして知っているのだろう。いつから知っていたのだろう。

色々な疑問が浮かんではくるのだが、それを口には出せない。

狼狽える楓香だが、こればかりは隠し通さなければならないだろう。

嘘をつけば、また一つ嘘の上塗りをしなくてはならなくなる。今このときに楓香は実感した。

——亜嵐くん、ごめんなさい。

心の中で謝罪をして、楓香は秘書時代に培った粛々とした顔を取り繕う。

「何を言っているのか、わかりません」

「楓香」

氷雨の腕を解き、彼に向き直る。

真実を見抜くような目をする彼を見上げ、楓香は精一杯の強がりを見せた。

頬を緩ませ、唇には余裕の笑みを浮かべる。もちろん、虚勢もいいところだ。

だが、今の楓香には、これぐらいしか武器がない。

一歩後ろに下がり、彼を挑発的な目で見つめる。

「皇さんには、関係のないことでしょう？　私と貴方は、もう上司と部下じゃない」

「……」

「私に、子どもがいるのは事実です。だけど、貴方の子どもとは限らないでしょう？　だって、私には幼なじみである砂原亜嵐というパートナーがいる。その人の子ですよ」

「……」

「これ以上は話す義理はないかと」

失礼します、と小さく頭を下げたあと、背筋を伸ばして踵を返す。

最後の最後まで気は抜けない。お腹にグッと力を入れてキレイな立ち姿を思い浮かべて一歩を踏み出そうとする。そのとき、盛大にため息を吐き出す音が聞こえた。

思わず振り返ると、氷雨は意味深な笑みを浮かべている。

「相変わらず、クールで完璧だな。和服姿も、とても似合っている」

「っ」

こんなにヘビーな話をしているのに、今の楓香の姿を賞賛してくる意味がわからない。
眉間に皺を寄せて氷雨を見ると、彼は腕を組んで楓香をまっすぐに見つめていた。
威圧的な雰囲気は、さすがは皇氷雨というべきだろうか。
こんな彼を、楓香は何度もビジネスの場で見てきた。
常に見せる、自信に満ちた強気な態度。そんな彼の顔が好きだった。
この表情をしているということは、握っている情報に相当の自信があるのだろう。
もしかしたら、全て把握しているのかもしれない。
囚われる。もう、逃げられないかもしれない。
そんな弱気な気持ちが零れてしまうほど、氷雨を前に嘘をつき続ける自信はなかった。
彼は、首を傾げて楓香の顔を見つめてくる。
意図せずに視線が合ってしまい、思わずそらしてしまう。
「嘘をつく君も、かわいい」
「っ」
言葉をなくして戸惑う楓香に、氷雨は真摯な声音で言う。

「しかし、これから俺に嘘をつくことは許さない」

「え……？」

「逃げても無駄だ。もう、俺に捕まってしまったんだから」

「な、何を……」

声が震えてしまう。

これからどうなってしまうのか。何とも表現に困るような感情が渦巻く。とにかく心がざわついて何も考えられない。

「砂原亜嵐は、君に手を出していない。断言できる」

「っ」

「全部、俺は把握しているから。嘘をついても、逃げても無駄だ。だから——今は逃げてもいい」

「え？」

そらしていた顔を戻して、唖然としながら彼を凝視する。

彼は楓香を解放するとばかりに一歩下がって両手を挙げた。

まさかこのまま解放されるとは思わなくて目を瞬かせていると、彼は唇に笑みを浮かべた。

その笑みが、どこか蠱惑《こわく》的で胸がドキッとしてしまう。顔が一気に赤くなった楓香を見て、氷雨は真摯な目で宣言してくる。

「すぐに君を捕まえる。そして、俺たちの子どもと一緒に……幸せになる。絶対だ」

「ですから……っ！」

反論しようとする楓香を見て小さく笑い、氷雨は楓香を置いて歩き出す。

「皇さんっ⁉」

そこはきちんとしておかなければならない。そう思って彼の背中に呼びかけたのだが、彼は振り返らず手を上げてその場をあとにしてしまった。

彼の姿が見えなくなり、楓香の口から出た言葉は何とも情けないものだった。

「……どうしよう」

彼に打ち勝つ方法など見つからない。それも、あれだけ自信に満ちた彼を止められるはずがないだろう。

これからのことを考えると、ため息しか出なかった。

8

——ようやく。ようやくだ……。

氷雨は心の中で噛み締めるように呟きながら、身体の奥底から喜びが湧き上がってくるのを感じた。

バンケットホールに入り、シャンパンをウェイターから受け取って口を付ける。そして、壇上近くで談笑している亜嵐を見つめた。

視線を落とし、グラスから唇を離す。ふと無意識に触れたのは、自分の唇だ。ゆっくりと唇に指を沿わせ彼女の唇の甘さと柔らかさ、体温を思い出して身体が熱くなってしまう。

抑えられない感情を、持て余し気味の自分に苦笑する。

和服姿の楓香に、艶っぽさや色気を感じて胸の鼓動が速まった。それは、尋常じゃないほどに。

彼女の和服姿を初めて見たが、艶やかで美人に磨きがかかっていた。

腕の中に閉じ込めて、誰にも見せたくないという独占欲で心中穏やかでいられなかったほど。

氷雨の顔を見た彼女の表情を、鮮明に覚えている。

目をこれ以上ないというほど大きく見開いたあと、マズイという表情になり顔を顰めると次の瞬間には逃げ出したのだ。

氷雨の秘書だった頃の彼女は、感情に起伏を見せなかった。いや、周りに感じさせないようにクールにしていたという方が正しいだろうか。

クールビューティーだと社内の誰もが思っていた彼女が、コロコロと表情を変える。もっと見ていたい、そう思うほど先程の彼女は魅力的だった。

彼女にキスをしてしまったのは、抑え切れない感情を持て余したからだ。

本当はスマートに、彼女と再会したかった。だが、彼女の手首を掴んで捕まえておくことだけで精一杯だったのだ。

楓香は氷雨のキスの余韻を拭うように、唇をゴシゴシと手の甲で拭き取っていた。

彼女は、氷雨から逃げ出したい。忘れたい。そんなふうに考えているはずだ。

――だが、忘れさせてやらない。これからいくらでも爪痕を残してやる。逃げたとしても、逃がしてやらない。もちろん、俺たちの愛の結晶である雨音も。

氷雨は、シャンパンを一気に呷《あお》った。

喉に残るのは炭酸の爽快な刺激。喉は潤ったが、心は渇いたままだ。

——潤いが足りない。楓香という潤いが。

枯渇した心は、一心に彼女を求めていた。

空になったグラスをウェイターに手渡したあと、会場を見渡しながら思いを馳せる。

この一年と十ヶ月、氷雨にとって地獄以外の何ものでもなかった。

楓香に会えない。それが、どれほど辛く切ないものなのか。彼女が氷雨の前からいなくなって改めて思い知った。

本当は退職だって引き留めたかったのだ。情けない男だと言われても「俺の傍にいてほしい」と懇願したかった。

だが、それは彼女の幸せを躙《ふみにじ》る行為。だから、苦渋の決断で手放した。

幼なじみである恋人と復縁したから、蜜夜を過ごした相手の近くで働きたくない。

そう思っての退職だと理解もしていたからだ。

氷雨を視界に入れれば、どうしたって名古屋での一夜を彼女は思い出してしまうだろう。

恋人との仲が修復したのなら、楓香にとって足枷でしかなく、酷な話だと思ったからだ。

それに、彼女の元には引き抜きの話がたくさん来ていたのは知っていた。

彼女は、自分のスキルを使って他企業へ行く覚悟ができている。今更好きだと告白をしても彼女は困るだけ。

自分のエゴだけを押しつけては、彼女が苦しむ。そう思って、何も言わずに彼女の手を離したのだが……。

彼女が会社を去ってすぐ、違和感を覚える情報が氷雨の耳に入った。

情報元は秘書室長で、楓香がどこの企業からも引き抜きの話を受けていないようだという。

楓香は誰にも転職先については話しておらず、秘書室長にも口を閉ざしていた。

楓香に引き抜きの話をしているであろう企業は、ある程度把握している。だが、そのどこにも楓香が転職するという話を聞かないというのだ。

転職ではないのに、彼女は会社を辞めてどうするつもりか。そう思ったが、退職を申し出てきたときの彼女の言葉を思い出す。

彼女は付き合っている彼とよりを戻し結婚すると言っていた。

まずは、生活の基盤を作ってから、再就職するということなのか。

それなら、それでいい。彼女が幸せなら、とそれ以上は彼女のことを考えるのはよそうと思ったのだが……。

今度は、YエスのCOOが彼女を街中で見かけたと氷雨に告げてきた。その場面は心配を仰ぐものだったようだ。

顔色がものすごく悪い楓香を、通行人の女性が抱えてタクシーに乗せる場面を目撃したというのだ。

COOが駆け寄ろうとしたのだが、タクシーはすぐに出てしまって声をかけられなかったらしい。

COOの話では、会社を辞めてからまだ一週間しか経っていないのに痩せてやつれているように見えたようだ。

彼女は本当に大丈夫なのか、とCOOに問い詰められ、逆に氷雨の方が聞きたくなった。

楓香が会社を辞めた本当の理由。それが、体調の悪化だったとしたら……。

そう考えたら、居ても立ってもいられず調査会社に依頼している自分がいた。

直接彼女にコンタクトを取っても、「大丈夫だ」の一点張りになるとわかっていたからだ。

こんなふうにコソコソと楓香を探っていると彼女が知ったら、嫌な気持ちになるだろう。ストーカーのようなまねをしているのは、重々承知している。しかし、心配で仕方がない。

楓香の両親はすでに鬼籍に入っていて、親戚とも疎遠だと聞いている。

復縁した恋人が傍で支えているのならいいが、もし一人で苦しんでいるのなら助けたい。

その一心で調査を急がせたのだが、なかなか報告がこない。ようやく連絡がきたと思ったら、調査会社からの返答は「涼野楓香については調べられない」というものだった。

大きな企業からの妨害があり、これ以上は無理だというのである。

妨害してくる企業は何なのか。他の伝手を使って調べた結果、アメリカのホテルグループであるコンステレイションホテルが関わっていると判明。

どうやら楓香は、コンステレイショングループの一族と昔から懇意にしていたようだ。

現社長には長男の亜嵐がいるのだが、彼と楓香は幼なじみという間柄らしい。

幼なじみと聞いて、楓香の交際相手が亜嵐なのではないかと一瞬思った。だが、それはない。

砂原亜嵐。姉からよく聞いていた名前だったからだ。

彼は、氷雨の姉である咲子《さきこ》と恋人同士だった過去がある。しかし、二人は今も結婚はせずに独身を貫いているのだ。

亜嵐は結婚したいと何度もプロポーズをしているらしいのだが、咲子は絶対に頷かなかった。

姉は医者で、仕事に夢中だ。結婚をする余裕はない。そんなふうに、彼女はいつも言っている。

咲子に心底惚れている亜嵐が、楓香の長年の恋人だというのは無理があるだろう。

何かがおかしい。楓香に一度会った方がいいと行動に移したのだが、残念ながらすでに遅かった。

楓香は、亜嵐の手筈で渡米したあとだったのだ。

数日後に日本を発つという亜嵐とアポイントが何とか取れたのだが、のらりくらりと核心を避けて楓香の現状は何も教えてくれない。

面会を受け入れたのは、咲子の弟だから。それだけだ、と言って冷たくあしらわれる。

その上、彼女と連絡を取りたいと懇願したのだが、それも一蹴されてしまう。

「今、楓香には会わせられない。だが、心配しなくていい。砂原家が楓香を蔑ろにするなんてあり得ない。うちは皆、楓香が大好きだからな。楓香がアメリカに来るってだけで俺の親は諸手を挙げて喜んでいるから」

心配無用！　と一喝され、追い返されてしまった。

渡米した後の楓香だが、砂原家のガードが強固で情報は何も入らずに苛立つ日々に焦りだけが募る。

砂原家と楓香は昔からの仲だ。きっと楓香は、心穏やかにしているはず。

頭では理解している。だが、どうしても彼女が気になって仕方がない。

彼女と目と目を合わせ、本当に元気になったのか知りたかった。

――いや、違う。俺がただ楓香に会いたいだけだ。

あのとき手を離した後悔、そして未練に雁字搦《がんじがら》めな状態の氷雨は、その後もしつこく亜嵐に連絡を入れ、仕事で渡米する度アポイントを何とかねじ込んで彼と会うことを繰り返した。

しかし、亜嵐はニヤニヤと笑うだけで肝心な情報を口にしない。

そうこうしているうちに、アメリカの社交界で亜嵐に関する噂が広がった。

『結婚に見向きもしなかった亜嵐が、事実婚をするらしい』という噂である。

だが、氷雨は噂に流されなかった。

亜嵐は、今も咲子を愛している。咲子と連絡を取ってそれとなく探りを入れたのだが、亜嵐が未だに求婚してくると言っていたから間違いない。

それなのに、楓香と事実婚なんてあり得ないだろう。

真実の追究のため、三月初旬にアメリカに行った。

そのときに亜嵐から衝撃的な事実を突きつけられたのである。


「ほら、見てみろよ。かわいいだろう？　雨音の一歳の誕生日の写真だ」

手渡されたのは、楓香と赤ちゃんのツーショットの写真だった。

そこには水性ペンで『一歳の誕生日おめでとう、雨音』と書かれており、写真に刻印されていた日にちは今年の一月五日だ。

雨音という赤ちゃんと幸せそうに笑う楓香の写真を見て、彼女が元気でよかったと胸を撫で下ろす。

しかし、亜嵐の言葉で氷雨の気持ちは一転する。

「この赤ちゃんは、楓香の子だ」

「え」

「誰の子か俺は知らないがな。俺のかわいい妹に手を出しやがって……。うちの親父なんて真剣持ち出して毎日素振りしているぞ」

「っ」

「楓香は、Yエスで働いている間は誰とも付き合っていなかった。全く、どこのどいつだろうな」

「……」

「うちのかわいい妹は、兄である俺に逐一恋人を報告してくれていたから。恋人がいなかったのは間違いないんだ。それなのに、どこの馬の骨やら……」

何やら意味深な亜嵐を見て、確信もできないくせに喜びが込み上げる。

落ち着かず、メガネのブリッジに触れながら頭を働かせた。

楓香が出産したのは、昨年一月五日だ。妊娠、出産についてはあまりよくわからないが、アバウトに考えても氷雨の子だという可能性が高い。

楓香が会社を去った年の六月下旬、体調の悪そうな楓香をCOOが目撃している。

あれは、悪阻だったのではないか。

――お腹に子どもを宿しているのがわかったから、会社を早急に去る必要があった……？

もし、この子が氷雨の子ならば……。そう考えるだけで嬉しさが込み上げてきた。会いたい。二人に会いたいと切に願う。今すぐにでも、どんな手段を使ったとしても彼女たちをこの手にしたい。

同時に、楓香が大変なときに傍にいられなかったことに後悔が募る。

それに、妊娠を打ち明けてもらえなかったことが悔しくて仕方がない。

そんなに頼りなく思ったのか。そんなふうに一瞬考えたが、彼女の性格からして敢えて言わなかったのではないかと推測された。

氷雨に迷惑がかかると思ったに違いない。涼野楓香という女性は、そういう人だから。

一方で、わからないことはまだある。

楓香は〝忘れなくてはいけない恋がある〟と言っていたはず。

それを聞いて、社内で流れている噂である――幼なじみで昔から付き合っている――恋人を忘れたいと言っているのだとばかり思っていた。

だが、楓香の幼なじみは亜嵐のみ。そして、その亜嵐は氷雨の姉である咲子に心酔している。

亜嵐の言葉を信じるのであれば、楓香に恋人はここ数年いなかった。

それでは誰が楓香の〝忘れなくてはならない恋の相手〟だったのだろう。

もしも、その男が氷雨だったのなら……こんなに嬉しい事実はない。

違う男だったら嫉妬で心が焼き焦げそうになるが、一方で思わずほくそ笑んでしまう自分がいた。

——誰だっていい。そんな男の存在は俺が忘れさせてしまえ。

小さく笑いを噛み締めていると、亜嵐が呆れた顔で茶化してきた。

「おい、皇氷雨。お前、めちゃくちゃ悪い男の顔をしているぞ？」

何とでも言えばいい。必ず楓香を、そして俺たちの子どもである雨音を自分の腕の中に引き寄せてみせる。

気持ちが高揚している氷雨に、亜嵐は釘を刺してきた。

「今は、お前と楓香は会わせないからな」

「砂原さん！」

声を荒らげると、彼は急に真剣な顔付きで氷雨を睨みつけてきた。

「今度、俺は日本支社長になるために帰国する」

「……」

「楓香と会いたいのなら、日本に戻ってからにしろ。今、お前が楓香に接触してきたら、確実に逃げるぞ？」

「……」

待っていられないというのが本音だ。今すぐ楓香に会いたい。焦る氷雨を見て、亜嵐は肩を竦めて息をついた。

「我慢ができないのなら、二度と楓香には会わせられない」

有無を言わせぬ迫力で撥ね付けてきた亜嵐に、その場は引いたのだが……。

どんな手を使ってでも彼女に会いたい、奪い去ってやりたい。そんな気概が溢れてくる。

ヤキモキしていた折に、亜嵐の支社長就任パーティーがあると知った。招待状が送られてきたからだ。

このパーティーは、砂原亜嵐のお披露目会だ。

コンステレイションホテルグループ本体との仕事はないが、日本支社からの依頼で札幌にある系列ホテルの顧客拡大企画を請け負ったことがある。

その縁で招待状が送られてきたとも思えるが、きっと別の理由だろう。

何度も亜嵐に会いに行き、楓香に対する気持ちを伝えてきた。

とにかく必死でなりふり構わず、かっこ悪い自分を曝け出し続けたことが、実を結んだのだ。

恐らく、亜嵐は全部把握しているのだろう。楓香を妊娠させた相手が、氷雨だということを。

だからこそ、三月に渡米したときの話し合いで楓香の近況を知らせたのだろう。

ようやく亜嵐が、氷雨を認めてくれたのだ。

とはいえ、同時に彼に試されているのだろうとも思う。本当に楓香たちを幸せにできるのか。頑なになっている彼女を懐柔できるのか、と。

彼女を守ってくれたことについては感謝している。亜嵐が楓香の隠しごとに気がついていなかったら、今頃彼女はどうなっていたのかわからないだろう。

だが、ここまでの苦難な道のりを思うと、易々と感謝の言葉を口にしたくない。

結局、亜嵐に試されていたのだ。氷雨が楓香を託せる男か、どうかを。

そして、今夜。久しぶりに楓香に会って、必ず彼女を手にしたいと再確認した。

楓香を空中庭園に置いてきてしまったが、彼女はこちらに戻ってくるのだろうか。

できれば、彼女の腰を抱いてエスコートしたかった。

彼女は俺の女だ。そんなふうに周りの男どもを牽制したい気持ちが込み上げてくる。

しかし、現時点では亜嵐の事実婚のパートナーであるという噂が世間には流れていた。

それなのに、いきなり氷雨がしゃしゃり出るわけにはいかない。

楓香がアメリカにいる間は彼女の素性などは伏せられており、ただ亜嵐に事実婚のパートナーがいるらしいという噂に止まっていた。もちろん、雨音の存在も伏せられている。

今夜のパーティーで亜嵐の隣に立つ楓香を見て、「彼女こそが、砂原亜嵐の事実婚の相手なのだろうか」と憶測と噂が駆け巡っている状況だ。

そんな噂が取り巻いているときに、氷雨が彼女を連れて会場に現れたら……。ますます混乱を招くだろう。

しかし、砂原家との縁を持ちたい猛者たちは、なかなかに果敢だ。

亜嵐に楓香の存在を聞くのだが、さすがは曲者であると言うべきか。亜嵐は上手にあしらい、真実は煙に包まれている。

楓香が彼のパートナーなのか、それとも今回限りなのか。

謎が謎を呼び、結局は招待客誰一人として真相に迫れた者はいない様子だ。

楓香は亜嵐によって中座させられたせいで、彼女に問うことも叶わない。

娘や孫と結婚させたいと考えている出席者たちにしたら、この状況にモヤモヤしているはずだ。

もし、楓香が会場に戻ってきたとしても、亜嵐は彼女をうまく退席させてしまうだろう。

妹のようにかわいがっている楓香を守ること。それが、亜嵐の上位タスクに違いないのだから。

亜嵐から見れば、氷雨も楓香から遠ざけるべき敵だと認定されているはずだろうけど。

今日のところは、これでいい。じっくり、そして確実に楓香の心を手に入れる。

それには、二人きりにならなければならない。

彼女から本心をきちんと聞いて、氷雨の気持ちを包み隠さず彼女に伝える。まずは、そこからだろう。

思わずほほ笑んでいる自分に気がつき、苦笑する。

楓香が会社を辞めて氷雨の前からいなくなったときの絶望を思えば、今の氷雨は心が穏やかだ。いや、心が躍ると同時に、野心に満ちている。

――楓香と、そして雨音は絶対に俺が幸せにする。

楓香の気持ちを何としても自分に向けようと、氷雨は虎視眈々と時期を狙いながら会場を後にした。

＊＊＊＊

「結局、戻ってきてしまったわね……」

楓香は雨音が寝ているホテルの一室に戻ってきている。

氷雨が去ったあと、亜嵐の秘書が空中庭園に楓香を探しに来て「部屋に戻ってください」と言われてしまったのだ。

亜嵐からの伝言で「楓香は役目をこなしてくれたから、雨音と一緒にいてやれ」と伝えられたのだが……。

楓香はほとんどパーティー会場にいなかった。正味三十分ぐらいだろうか。

そんな短い時間、彼の傍にいただけで事実婚のパートナーだと砂原家との縁を求めている人々に伝わっただろうか。心配しかない。

だが、それを秘書の男性に伝えても困るだけだろう。

そう思ったからこそ、楓香は大人しく部屋へと戻ってきたのだ。

ぐっすりと眠っている雨音を見て、氷雨を思い出す。

彼に再会してしまったというだけで動揺が隠せなかったのに、彼の口から飛び出す言葉の数々に頭の中が真っ白になってしまった。

反論もろくにできず、聞きたいことも聞けず終いだ。だが、それも致し方ないだろう。

まさか、氷雨から好きだと告白されるなんて思いもしなかった。それも、ずっと楓香を想ってくれていたなんて。

思わず唇に指を沿わせてしまう。まだ、彼の熱が唇に残っている気がして、再び顔が熱くなる。

ギュッと力強く抱き締められ、何度も情熱的なキスをされた。

名古屋での一夜を彷彿させるような甘い雰囲気に、立っているのもやっとだった。

思い返している自分に、またもや恥ずかしくなる。

彼からの告白全てに驚愕したが、一番ビックリしたのは雨音の存在を知っていたことだ。

楓香が咄嗟に、亜嵐の子だと誤魔化したのだが、それをすぐさま嘘だと見抜かれてしまった。隠しても無駄なのだろう。

あれだけ断言をする彼には虚偽をどれほど言ったとしても通じない。それだけはわかる。

突然の告白ではあったが、純粋に嬉しかった。ずっとずっと氷雨が好きだったから。

本当は、身を引きたくなんてなかった。私を見てほしい、そんなふうに縋りたかった。

それをしなかったのは、偏《ひとえ》に彼の幸せを考えたからだ。

彼の実家は国内大手企業。家柄などを考慮した結婚をして、家の繁栄を優先させる可能性が高い。

彼の隣に立つのなら、それなりの家柄で教養もあり美しい伴侶がよく似合う。

楓香では、彼の隣に立てない。だからこそ、彼の元から去った。

彼との思い出、そして雨音がいれば生きていける。そう思ったのだが……。

こうして、氷雨に会ってしまうとダメだ。強がりを言っていた自分がしおれて元気がなくなってしまう。

感情がごちゃごちゃしていて頭が回らなかったために氷雨に聞きそびれたが、泰造が乗り気だった縁談はどうなったのか。それがわからない以上、氷雨に会えないだろう。

それに楓香は今、亜嵐と契約し、事実婚のパートナー役をしている身だ。楓香の感情だけで動けない。

彼は縁談を潰すのに必死だ。縁談避けとして、楓香の存在は役に立っているはず。楓香は、亜嵐の近くで事実婚のパートナーらしく行動しなくてはダメだ。今度は楓香が亜嵐を助けて恩を返す番である。

もし、氷雨の縁談が消滅していて、本気で楓香と一緒に生きていきたいと言ってくれたとしても……彼の願いに応えるのは難しそうだ。

氷雨は大企業の御曹司である。令嬢ではない楓香を妻として迎えるのは無理だろう。その上、楓香は皇家に承諾を得ずに子どもを産んでいる。その事実を氷雨の両親、そして親戚が許してくれるとは思えない。

あんなによくしてくれていた泰造にも、恩を仇で返している状態だ。

とてもではないが、顔向けなどできない。

亜嵐が今回の契約を締結する際に言っていたことがあった。それは、契約解除の条件についてだ。

『腹の子の父親がお前を探し出して、愛しているから楓香を取り戻したい。そんなふうに言って楓香を求めてきた時点で、契約は解除だ』という条件だ。

今の時点で、契約は解除になるのかもしれない。雨音の父親が楓香を探し出し、愛を乞うてくれたからだ。

だが、雨音の父親が楓香を求めてきた事実は、亜嵐に伝えないつもりでいる。

「だって、亜嵐くんに恩返ししてないもんね」

このことは、誰にも内緒だ。亜嵐に言わなければ、楓香が氷雨と接触したとはわからないはず。

しかし、氷雨は逃がさないと宣言してきた。彼がそう言い切ったのだ。必ず実行に移してくるだろう。

「どうしたもんかな。ねぇ、雨音」

気持ちよく寝ている雨音に小声で返事を求めても、何も返ってこない。

楓香の戸惑いに満ちた声が、静かなホテルの一室に小さく響くだけだった。

9

寝ぐずりしている雨音を抱き上げ、トントンと背中に優しく触れる。

一定のリズムと楓香の体温を感じて心地よくなってきたのか。ようやく目がトロンとしてきた。

だが、気は抜けない。うまくベッドに寝かさないと目を覚ましてしまう。

雨音を慎重にベッドへ寝かせた。

顔を歪めたので、「寝かしつけ最初からかなぁ」と心配になったが、どうやらそのまま眠りについてくれたようだ。

眉間に皺を寄せていた雨音だったが、皺はゆっくりと解けていき、かわいい寝顔を見せてくれた。

スヤスヤと寝息を立てて眠ったのを見て、ホッと胸を撫で下ろす。

季節は初夏、五月。昼下がり、雨音はご飯を食べ終わりお昼寝中だ。

高層マンションからは緑地公園が見え、新緑が眩しい。午前中に雨音をベビーカーに乗せて散歩に出かけたが、気持ちがよかった。

雨音が寝て部屋に静寂が訪れると、考えてしまうのは、氷雨のことだ。

亜嵐の日本支社長就任パーティーがあってから、気がつけば二週間以上が経っていた。

あの夜、氷雨に再会をして、逃がさないと宣言されたが、氷雨からのコンタクトは何もない状況だ。

最初は、かなり警戒していた。皇氷雨という男性は、有言実行な人だ。それは、彼の傍で秘書をしていた楓香は知っている。

その彼が、沈黙を保つとはとても思えない。

彼が行動すると言うならば、数日内には何かアクションがあるはずと用心していたのだが……。

結果としては何もない。楓香の周りは、いつも通りの時間が流れている。

あの夜は幻だったのだろうか。そんなふうに思いながらも、身体はそれを否定する。

氷雨と再会してから、ふとしたときに自分の唇に触れていることに気がついていた。

強気な態度を見せるために唇を拭ったが、今も彼の熱が唇に残っている気がする。

あまりに頻繁《ひんぱん》に唇に触るものだから、亜嵐に訝しげに思われてしまった。

『もしかして、雨音の父親から接触があったか？』など聞いてくるから慌ててしまった。

楓香がすぐさま否定すると、亜嵐は面白くなさそうに唇を尖らせていたが……。

日本に戻ったことで、楓香が雨音の父親と接触を試みると亜嵐は睨んでいるのかもしれない。

「そういえば、もう少しで契約は満了になるんだよね……」

初めて契約を交わしてから一年経った頃。楓香はまだアメリカにいた。

公の場に出るわけでもなく、これでは契約の意味がないのではないかと戸惑ったことを思い出す。

『今年はしょうがないだろう。楓香は妊婦だったし、雨音が生まれてバタバタしていた。そんな中で、事実婚のパートナーのふりなんてできるわけがない。それは端《はな》からわかっていて契約したんだ。本番は雨音が少し大きくなってからだ』という亜嵐の言葉を聞いて、それもそうかと納得して契約更新をした。

楓香としては、二年目からが勝負だと思っていたし、ここから亜嵐に恩を返せればいいと判子を押したのである。

だが、二年目もこれと言って役に立っていない。先日のパーティーでは、一応彼の隣に立ったが、ものの数分だけ。周知させることはできなかった。

仲睦まじい素振りなどをして、今後果たして楓香の出番はあるのだろうか。

契約二年目も終わりに近づいているが、今後果たして楓香の出番はあるのだろうか。怪しいものだ。

元々亜嵐は楓香に対して過保護である。この契約だって、結局楓香を助けるために亜嵐が苦肉の策を練ったというところだろう。

だが、亜嵐が縁談を押し付けられそうになっているのは事実であり、砂原家としても断るのが大変なのは本当だ。

そして、四月のパーティーに出てわかったのだが、亜嵐に事実婚のパートナーがいるかもしれないという噂は流れていたようだ。

楓香の存在が少しだけ役に立っているという証拠。それを知れて、胸を撫で下ろしたのは言うまでもない。

ただ、亜嵐はにこやかに笑って周りを誤魔化すだけで、楓香が事実婚のパートナーだとは断言しなかったのだ。

これでは、楓香がいる意味がなかったのではないか。

あとふた月ほどで亜嵐との契約更新日だ。再び話し合いの場が設けられるのだろう。

契約続行か、それとも契約破棄か。亜嵐はどう考えているかわからないが、楓香としては彼が求めてくるのなら契約続行のつもりでいる。

亜嵐は、楓香が雨音の父親と接触したことを知らない。

雨音の実父が氷雨だと話していないので、楓香が元上司と会っていたとしても違和感はないはず。

しかし、楓香の異変にいち早く勘づいて「雨音の父親に会ったのか」などと聞いてきた亜嵐。

何となく意味深な表情にも見えたのだが……。

まさか、亜嵐は気がついているのだろうか。氷雨が、雨音の父親だということに。そして、氷雨が楓香に愛を乞うてきたことを。

——いや、そんなはずはない。

楓香は、小さく首を横に振った。

もしも亜嵐が氷雨に愛を告白されたと知っているのなら、今頃大騒ぎになっているはずだ。

血の繋がりはないとはいえ、楓香を本当の妹のように思ってくれている亜嵐である。雨音の父親がわかった時点で、彼を怒鳴りつけそうだ。

取りあえず今は、亜嵐に全て内緒にできているはずだ。何も言ってこないというのが証拠だと思いたい。

一抹の不安を抱いていると、テーブルに置いておいた携帯がブルブルと震えて着信を知らせてくる。

ディスプレイを確認すると、Yエスの秘書室長からだった。

アメリカに発つ前に今までのものは解約し、新しいものに切り替えている。

過去と決別するため、氷雨との縁をスッパリ切って未練を断つために買い換えたのだ。

この新しい携帯の番号を知っている人間は少ない。特に古巣であるYエスの人間で知っているのは秘書室長と楓香の後任である後輩、谷口だけだ。

二人だけには、引き継ぎに不備があるといけないと思って伝えてある。

誰にも内緒でとお願いしておいたのだが、さすが守秘義務を守る秘書だ。

他には知られず、こうして三年目を迎えようとしている。秘書の鏡である二人には感謝しかない。

今となればわかるが、恐らく楓香が日本を発った頃から氷雨は楓香の連絡先を知りたがっていたはずだ。

二人は氷雨に「涼野の連絡先を知らないか」と聞かれただろうが、それを知らないと突き通してくれたのだと思う。

今の今まで氷雨が楓香に連絡してこなかったのが証拠だ。

しかし、どうしてこのタイミングで秘書室長から電話があるのだろう。

不思議に思いながら、ベビーベッドから離れて電話に出る。

「はい、涼野です」

『ああ、涼野さん。お久しぶりです。お元気だったでしょうか?』

柔らかい物腰と声に、思わず頬が緩む。久しぶりの優しい声に、秘書室長も元気そうだと安堵した。

秘書室長は、五十代のまさに紳士だ。時に厳しく、時に優しく。秘書の仕事が全くわからなかった楓香を一から鍛《きた》えてくれた恩人でもある。

心地よい声を聞いて、小さく頷いて返事をした。

「はい、元気にしています」

『そうですか! よかった。ずっと涼野さんのことが、気がかりだったんですよ』

悪阻が酷くなってきた頃、街に出たはいいが気分が悪くなって通りすがりの女性に助けてもらったことがある。

それを、どうやらYエスのCOOが見かけていたというのだ。

その情報は秘書室長と氷雨だけに止めてくれたらしく、社内に流れなかったらしい。

それを聞いて氷雨は楓香の身辺を探る決意をしたのではないかと推察される。

『本当は涼野さんに連絡をしたかったのですが……。貴女との約束を破るわけにはいきませんからね』

「ご心配いただきありがとうございます。それに……ご配慮までいただき、感謝しております」

秘書室長と谷口に、「仕事以外の連絡はお受けしません」と伝えていたからだ。

それを律儀に守るところが、さすがは秘書室長といえるだろう。

しかし、ここまでずっと楓香との約束を守っていた彼だが、どうして今連絡を取ろうとしたのか。

楓香はYエスを離れて、かれこれ二年が経とうとしている。

引き継ぎ内容の確認は全て終わっているだろうし、楓香しか知り得ない何かを確認するために電話をしてきたのか。

不思議に思って単刀直入に聞いてみると、彼は『スミマセン』と謝罪を入れてきた。

『仕事のことではあるのですが……。涼野さんがやっていた仕事についての質問ではないんです』

申し訳なさそうな彼の声を聞いて、首を傾げる
現場を二年も離れているのだから、今更楓香に聞く問題は皆無だろう。

それなのに、秘書室長が連絡をしてくるのだから、よほどのことがあるのだ。

どうしたのですか、と促すと、秘書室長は言いにくそうに続けた。

『涼野さん。今、日本に戻っているのですよね？　先日のパーティーでお見かけいたしました。声をかけさせていただこうかと思ったのですが、貴女を見失ってしまいまして』

「スミマセン。すぐにお暇《いとま》させてもらったもので……」

氷雨は、あのパーティーに来ていた。彼がパーティー時に連れて行くのは、秘書室長だ。室長があの日、楓香の姿を目撃していてもおかしくはない。

何といっても、楓香はパーティーの主役である亜嵐の傍にいたのだから、いやでも注目を浴びていただろう。

秘書室長だけでなく、他にも知り合いが楓香の姿を見ていた可能性は高い。

『いえ、それはいいのですが……。涼野さん』

「は、はい」

『折り入って、相談がございます』

「相談……ですか」

どこか歯切れが悪い。彼は固い声で聞いてくる。

『仕事に復帰するつもりはありませんか？』

「え……？」

まさかそんな打診が来るとは思っておらず、声が裏返る。

動揺していると声で伝わってしまったのだろう。秘書室長は苦笑した。

『唐突すぎましたね。驚かせてスミマセン』

「い、いえ……。でも、いきなりどうして？」

彼が、強引に事を運ぶことは珍しい。それに驚いていると、彼は困った様子で言う。

『実は、涼野さんの後任として入っていただいた谷口さんなのですが……。体調を崩されていて、なかなか業務ができない状況なんです。CEOにつけていた第二秘書は先月家の都合でやむを得ず退職してしまい……。突然のことで、後任の育成など間に合わず現在バタバタしております』

「谷口さんは大丈夫なんですか？」

かわいらしい笑顔が魅力的な彼女は、楓香をとても慕ってくれていた。そんな彼女が体調を崩しているなんて心配になってしまう。

『そういうことも踏まえまして……。一度、涼野さんとお会いしたいのです』

「……」

『涼野さんが指定してくださった場所まで、馳せ参じます。話だけでも聞いていただけないでしょうか？』

彼の声の様子を窺うだけで、現在ＣＥＯの秘書業務がままならない状況だというのが伝わってくる。

最近のＹエスを知らないので何とも言えないのだが、室長がこんな電話を楓香にしてくるぐらいだ。

かなりバタバタしているのだろう。そうでなくても、氷雨の秘書はなかなかに忙しいし、多岐にわたる業務がある。

楓香が氷雨の秘書だったときも、室長の力を借りつつでなければこなせなかった。

これでわかった。氷雨が宣言後に何もアプローチしてこなかった理由はこれだったのだ。

バタバタしすぎて、それどころではない状況になっていたのだろう。

第二秘書が退職してしまった上、谷口が動けないとなると、かなり厳しい状況のはずだ。

ブランクがあるとはいえ、楓香は氷雨の仕事内容などを把握している。

もちろん、この二年弱の間に変更になったものはあるだろうから、わからない事項も増えているだろう。

それでも、他の秘書課のメンバーに一から仕事を教えるよりは、楓香の方が確かに動ける。

こうして秘書室長が電話してきた時点で、かなりの緊急事態だろう。

なりふり構っていられないほど、CEO室は緊迫しているはずだ。

本心としては亜嵐との契約の件があるので、氷雨とは極力顔を合わせたくはない。

いや、会えないという方が正しいだろうか。

氷雨に今度会ってしまったら、きっと自分の気持ちにブレーキなんてかけられなくなるだろう。

楓香に好きだと言ってきたのだから、あのときの縁談は白紙になった可能性が高い。

しかし、亜嵐と同じように、次から次に婚約者候補など湧いて出てきているはずだ。

家同士の繋がりを重視している実家に刃向かえるはずがない。氷雨の手を取ってもうまくいくはずがないのだ。

心が不健康になるのがわかっているのに、彼に近づくべきではない。

わかっているが、秘書室長を見捨てられないし、ＣＥＯである氷雨も現在うまく仕事ができなくて大変な思いをしているだろう。それがわかっていて、見ないふりなどできない。

何より、谷口が心配だ。彼女は仕事熱心で、真面目な女性である。

楓香からの引き継ぎも、必死に覚えてくれた。その後も、彼女なりに努力しているのが伝わるメールが送られてきたぐらいだ。使命感を持って、氷雨の秘書を務めていたはず。

そんな彼女が体調不良で仕事ができなくなり、氷雨を始めとする会社の面々に迷惑がかかっている状況は本人が一番辛いだろう。

責任感の強い彼女は、その状況を見てどう思うか。自分を不甲斐ないと責めてしまうだろう。谷口は、そういう女性だ。

彼女は、とても苦しんでいるはずである。その上、体調も悪いなんて……。ますます追い込まれて、体調悪化の要因になるかもしれない。

氷雨とのことは、一旦置いておこう。まずは、谷口が心配だ。

後先あまり考えずに行動するのに躊躇を覚えるが、それでも後輩の彼女を少しでも早く助けてあげたい。

「今日、谷口さんは出社されていますか？　それともお休みされていますか？」

『今日は出社されています。体調は落ち着いているようでして……』

「わかりました。折り返しお電話し直します」

室長にそう告げたあと、亜嵐の秘書に連絡を入れる。

秘書の彼は、砂原家以外の人物で亜嵐と楓香がしている契約について唯一知る人物だ。

今の状況を話すと、彼はいつものように淡々と告げてくる。

『少々お待ちください。社長が話したいそうです』

「え？」

この時間は忙しいと思って亜嵐の秘書に連絡をしたのだが、大丈夫なのか。

電話に出た亜嵐に開口一番に聞いてしまう。

「亜嵐くん、忙しいでしょ？　大丈夫なの？」

『……』

「亜嵐くん？」

少しの沈黙のあと、亜嵐は豪快に笑い出した。

『あはは、久しぶりに聞いたな。秘書モードな楓香。クールビューティーは健在で、秘書の使命感に燃えているって感じがするな』

「え？」

どうやら秘書と楓香の会話を傍で聞いていたようで、内容をすでに把握しているようだ。

すぐさまＯＫの返事が来る。

『Ｙエスで秘書復帰か？　いいんじゃねえ？　日本に来てからは私設秘書は一旦休止していたし。そろそろ仕事をしたくなってきたんだろう？』

「……」

『もし、楓香がＹエスで今も在籍中だったとしたら、そろそろ復帰の話が出ていたはずだしな。それに、優秀なベビーシッターもいるんだから。楓香が職場復帰しても問題はない。いいんじゃないか？』

あまりにすんなりと亜嵐からＯＫが出てしまって、かえって戸惑ってしまう。

しどろもどろになりながら、本当にいいのかと再度問いかけた。だが、亜嵐の答えは変わらない。

『もちろん仕事復帰するのは、かなり楓香に負担がかかる。だけど、俺らには藤さんがいる。彼女にもしっかり頼って乗り切ればいいんじゃないか？　藤さん、楓香が全然甘えてくれないって嘆いていたぞ？』

「……だって、申し訳ないもの」

甘えてばかりではいけない、と楓香は本当に大変なとき以外は藤にお願いしないようにしている。

基本は楓香一人で雨音を育てる。それは、お腹に雨音がいるとわかった時点で決めていたことだ。

砂原家でお世話になっているわけだが、本来なら楓香一人で乗り切らなければならなかった。

それを思えば、楓香はとても恵まれている。ありがたいとは思うが、好意はなるべく辞退するように心がけていた。

それは、アメリカにいたときも一緒。もちろん、日本に帰国してからもそのスタンスは変えていない。

本来ならマンションだって自分で探し、自分の生活レベルの丈に合わせようと思っていた。

だが、『パートナーが別々に暮らしていたら、事実婚だって思ってもらえないぞ?』と亜嵐に指摘され、砂原家の所有マンションに住まわせていただいているだけだ。

地道に、身の丈にあった生活を。それが楓香の目標でもあり、目指すべき道だ。

亜嵐との契約は期間限定で、明日はどうなるかわからない状況。だからこそ、地に足をつけた生活をするべきだ。

亜嵐に言えば『契約してもしなくても、俺の妹に援助するのは当たり前』などと言い出すのは目に見えている。だから、絶対に口にするわけにはいかないが。

契約解除になれば、雨音と二人で小さなアパートにでも引っ越すつもりでいる。

そのために、生活の基盤を作っておくのは大事だ。

とはいえ、今回打診された仕事に関しては、谷口が元気になるまでという期限を設けてもらおうと思っている。

氷雨との仕事は二度とできないと思っていた。押し殺したはずの恋心が疼いてしまう。

だが、長くは一緒にいてはいけないだろう。それこそ、いつ自分の恋心に彼が気づいてしまうかわからないからだ。

谷口が復帰後は、地道に就職活動をしよう。こっそりそう考えていると、亜嵐はどこか楽しげに聞いてくる。

『そういえば、楓香がＹエスを辞めた理由を聞いていなかったな』

「え？」

『でもまぁ、古巣からの打診を受けようと考えているぐらいだから、わだかまりはないんだろう？』

「……」

『うん？　違うのか？』

訝しげな亜嵐の声を聞き、楓香は慌てて取り繕う。

「う、うん。えっと、そうなの。それにね、後輩が体調を崩しているみたいで……。そのフォローに入ってあげたいの。だから、短期のつもり」

『ふーん。まぁ、いいわ。無理のないようにやれよ？　雨音がいるんだからな』

「もちろん。それは重々承知しています」

第一に優先するべきは雨音だ。それはわかっている。

大きく頷き、もう一つお願いしなければならないことを忘れていた。

「亜嵐くん、申し訳ないんだけど、今からＹエスに行きたいので藤さんにこれからお願いしようと思っているの。あ、もちろん代金は支払います」

『構わんぞ。そのつもりで藤さんには前もって臨機応変な対応を依頼しているんだから。そうじゃなくて、遠慮せずにいつでも藤さんに頼めって何度も言っているだろう？　それに代金だって必要ない。そして、家事もたまにはお願いしろ。全部自分でやろうとするな』

「でも、甘えたくない」

『楓香ぁぁぁぁ。兄として妹の面倒を見たいんだ』

「気持ちはありがたいけど、受け取れません」

「こんなときばかり秘書の声で言うんだからなぁ。少しは甘えろよな』

不服そうな亜嵐の声に、楓香は苦笑する。かわいがられているのは嬉しいが、親しき仲にも礼儀あり、だ。

長い付き合いだから楓香が折れないと、亜嵐は重々承知している様子だ。

盛大なため息をついたあと『わかったよ』と取りあえず了承してくれた。

ホッとしていると、電話の向こうから『社長、そろそろ』と秘書が彼を促す声が聞こえる。

「ごめん、亜嵐くん。忙しいときに。もう一つだけ、いい？」

『何だ？　楓香』

「仕事をし始めちゃうと、交換条件の件ができなくなるかもしれないよ？　もちろん、亜嵐くんのパートナーだって思わせるために公の場にはなるべく出席するつもりだけど」

『ああ、それでいい。すでに充分効果出ているし』

「そうかしら……？」

まだまだ頑張れていない気がする。訝しげにしていると、亜嵐が小声で何かを言った。

『そろそろ止め時だろうし』

「え？」

聞き返したのだが、クツクツと笑いながら亜嵐に誤魔化された。

『何でもねぇよ。んじゃあ、無理しない程度にやれよ？』

「もちろん。それだけは肝に銘じます」

きっぱり言い切ると、亜嵐は『それでよし！』と満足げに笑い、電話は切れた。

亜嵐が許してくれてホッとしたが、彼は何を言いたかったのだろうか。

考えを巡らそうと思ったが、藤に連絡を入れなければと我に返る。

彼女のスケジュールが空いていなければ、亜嵐がＯＫを出してくれたとしても身動きが取れなくなってしまう。

電話で聞いてみると、彼女のスケジュールはちょうど空いていたようですぐ来ることができるらしい。

身支度をしていると、チャイムが鳴った。藤がやってきたのだろう。

チャイムの音で雨音が起きたかもしれない。ベビーベッドの中を見たが、スヤスヤと気持ちよさそうに寝ている。

「ごめんね、雨音。少しだけお留守番よろしくね」

ホッと胸を撫で下ろして、慌てて玄関へと向かった。

10

「涼野さん！　ご迷惑をおかけしまして、本当にスミマセン！」

「谷口さん、頭を上げて？　貴女は何も悪くなんてないでしょう？」

楓香が秘書室に入ってきた途端、青白い顔をした谷口は泣きそうな顔で頭を下げた。

そんな彼女を椅子に座らせ、楓香も近くにあった椅子に腰を下ろす。

亜嵐から許可をもらって藤に雨音をお願いしてから、秘書室長に連絡し「詳しい話を聞きたいので、これから会社に行ってもいいですか」という打診をした。

室長に『喜んで。いつでも大丈夫です』と快諾してもらい、楓香は久しぶりにYエスが入っているオフィスビルに足を運んだ。

懐かしい思いを抱きながら秘書室へと向かっていると、見知った社員に何人か会う。

そのたびに、「Yエスに戻ってきたんだなあ」と感慨深く感じた。

もう二度と足を踏み入れないだろう。そんな覚悟に似た感情を抱きながら退職した、あの日。

あの頃のような悲壮な気持ちはない。今の楓香には、雨音がいる。彼女の存在が、楓香を強くしているのだと実感した。

室長に折り返し電話をした際、そこで谷口の体調不良の理由を知り、何が何でも彼女の力になりたいと思ったのだ。

「気分はどう？　もし、気分が悪いようなら横になった方がいいわ」

「ありがとうございます」

涙目で楓香を見つめている谷口からは、申し訳ないという感情が読み取れる。

そんなふうに思い詰めないでほしい。楓香は、谷口の肩に手を置いて労るようにほほ笑んだ。

「突然で、ビックリしたでしょう？　この時期は、急激に身体の変化が起こるから……。無理して食べなくてもいいけど、水分だけは少しずつ取りましょうね」

「はい……はいっ」

泣き出してしまいそうな谷口の背中を擦り、彼女の身体を労った。

谷口はＧＷ前に体調を崩し、病院を受診して妊娠が発覚したのだという。

結婚をしようかと彼氏と話していた最中の出来事だったらしい。

結婚に引っ越し、そして妊娠。彼女の周りは一気に動き出した。

めまぐるしく変化する自分の身体と環境。だけど、待ったなしの状況に心が安まるときがなかったはずだ。

プライベートが大変な上、仕事は休めない。だが、彼女は弱音を吐かなかったようだ。

責任感が強い谷口は、それでも仕事を続けようとしていたらしい。

実際、彼女が抜けるとＣＥＯの補佐作業が滞るのが目に見えていた。

それがわかっているからこそ、谷口は必死にここまで仕事に取り組んできたのだろう。

二年前の今頃、楓香も同じような状況になっていた。だが、彼女と違うところは、前もって会社を辞めようと準備をしていた点だ。

しかし、彼女は予想外の妊娠。結婚が決まった時点でこれからを考えようと思っていた矢先だっただろうから、後任の準備などできなかったはずだ。

その上、第二秘書が突然辞めてしまった。

だからこそ、彼女はここまで追い込まれてしまったのだろう。

「谷口さん、少しお休みなさい。私が谷口さんのフォローに入るから。ね？」

「で、でも……！　涼野さんに迷惑をかけられません！」

頑なに拒否しようとする谷口に向かって、首をゆっくりと横に振る。

「迷惑じゃない。大丈夫よ。私、そろそろ仕事復帰したいと思っていたところなの。だから、喜んで引き受けたのよ」

「本当……ですか？」

「ええ、もちろんよ。谷口さんのことは、仕事をやりたいと返事をしたあとに聞いたの。何も心配する必要はないわ。大丈夫よ。私はビジネスとして引き受けただけだもの」

きっぱりと言い切ると、ようやく彼女は安堵してくれたようだ。

「とにかく今は自分の身体のことだけを考えて？　今後については、旦那さまと一緒にゆっくりと考えてくれていいから」

「はい、ありがとうございます。涼野さん」

安堵した表情を浮かべる彼女は、ようやく肩に重くのし掛かっていた重石が下りたのだろう。楓香もホッと胸を撫で下ろす。

二人のやり取りを見守っていた秘書室長が、谷口に話しかけてきた。

「ご自宅まで送っていきますよ、谷口さん。車の中で、今後についてをお話ししましょう」

遠慮しようとした谷口だったが、今後の話をすると聞いて室長の言う通りにしようと思った様子だ。

楓香に頭を下げると、彼女は室長と共に秘書室を出て行く。

だが、すぐに室長だけ戻ってきて、にこやかに言った。

「涼野さん、私はこれから谷口さんをご自宅に送ってきます。面談は、うちのボスがすると言っております。どうぞ、CEO室へ」

「え……っ！」

それは困る、と訴えようとしたのだが、彼は「それでは」とだけ言うと出て行ってしまった。

「……勘弁してください。室長」

確かにまだ雇用条件などの話はしていない。そういった細々とした相談は秘書室長である彼がするのだとばかり思っていた。

今日のところは氷雨に会わなくても済むかもしれない。そんなふうに考えていた暢《のん》気《き》な自分を殴りたくなった。

谷口を送っていった室長は、当分戻ってこない。このまま逃げ出してしまいたくなったが、遅かれ早かれ氷雨と会うことになる。

再び、彼の元で仕事をするのだから、ここは一つ腹をくくるしかない。

重い足取りでCEO室までやって来たのだが、なかなかドアをノックできずに五分ほど立ち尽くしている。

困ったなぁ、と思っていると、ドアが開いて中から氷雨が出てきた。ビックリして身体が飛び上がってしまう。

驚きのあまり目を丸くすると、氷雨は壁に寄りかかってメガネのブリッジに指を添えながら見下ろしてきた。

「いつになったら面談に来るんだ?」

「……申し訳ありません」

ばつが悪くて視線を泳がせていると、彼は中に入るようにと促してくる。

部屋に入ると、懐かしさに胸が熱くなった。

二年前まで、この部屋で氷雨と仕事をしていたのが嘘のようだ。

逃げるように彼の前から去った楓香が、再び氷雨と一緒にいることに驚きを隠せない。

ソファーに座るように言われて腰を下ろすと、氷雨はドアを閉めてその場で声をかけてきた。

「この部屋に君がいる。感慨深いな」

「皇ＣＥＯ……」

胸に詰まる想いを抱いていた楓香は、ビジネスライクな顔で彼を呼ぶ。だが、氷雨は仏頂面で面白くなさそうだ。

「以前、君には違う呼び方がいいと言わなかったか？」

不服そうな彼に、楓香は静かな口調で応える。

「私は再びＹエスの社員になりますから、ＣＥＯをＣＥＯと呼ぶことに問題はないかと思われますが」

背筋を伸ばして、強がりを言う。本当は胸がドキドキして苦しくて、自分が何を言っているのかわからないほどだ。

それを悟られないように、クールだと言われていた秘書時代を思い出して彼と対峙する。

秘書の顔をする楓香を見て、氷雨は懐かしそうに目を細めた。

「さすがは、我が社伝説のクールビューティー。ブランクを感じさせないな」

「何ですか、その何とも言えないネーミングは」

「ははは。君が去ってしまったのを残念がっていた人間はたくさんいるんだ。一番残念がっていたのは――」

氷雨はカツカツと革靴の音を立てながら、楓香に近づいてきた。

逃げなくては、と脳裏で叫ぶ。だけど、魅惑的なその目に逆らえない自分がいた。

氷雨はソファーに座っている楓香と視線を合わせるように片膝をつく。

心臓が痛いほど高鳴っている。彼から視線をそらせず目を見開いていると、彼に右手を掴まれた。

そして、楓香の顔を情熱的な目で見つめてくる。

「俺だな」

「え……」

「ずっと、君に会いたかった。楓香――」

彼が名前を呼ぶ。名古屋での一夜を思い出して、胸が切なくなってしまう。

氷雨は楓香の手の甲に唇を押しつけてきた。柔らかい感触がしてようやく我に返った楓香は、慌てて手を引っ込める。

羞恥心を抑えながらギュッと右手の甲を隠し、氷雨を見つめた。すると、彼の目が細まり、唇は弧を描く。

「クールビューティーの仮面が剥がれ落ちたな」

「あ」

すっかり素の自分が出ていることに居たたまれなくなっていると、彼は「ありがとう」と急にお礼を言い出した。驚いている楓香に、彼は眉尻を下げる。

「谷口に優しい嘘を言ってくれただろう？」

「あ……」

どうやら先程のやり取りを、氷雨は聞いていたようだ。

彼が言う通り、彼女に嘘をついた。本当は、彼女の身体が心配で今回の話を受けようと思ったのだが、それを谷口に伝える必要はない。

いいえ、と首を緩く横に振ると、氷雨は正面のソファーに腰をかけた。

「谷口は頑なになっていた。彼女を諭しても、首を縦に振ってくれなくて困っていたんだ。倒れてしまいそうな彼女を見て、ここは最終兵器の投入だと」

「……最終兵器って私のことでしょうか？」

「他に誰がいる？　仕事に対して真摯すぎる谷口が、素直に言うことを聞く人物は限られている。彼女が憧れていた先輩、涼野楓香だけだ」

「皇ＣＥＯ」

「さすがはクールビューティーだな。それに……俺が愛する女だ」

「っ！」

甘く蕩けてしまいそうな眼差しで見つめてくる氷雨を見て、心臓があり得ないほど高鳴ってしまった。

どうしたって楓香の心の全てを占めているのは、結局彼だけなのだ。

甘ったるい空気が立ちこめているように感じた楓香は、慌ててこの雰囲気を払拭しようと必死になる。

「あ、あの！　雇用条件についてお話ししたいのですが」

あの頃多用していたクールな秘書の顔を貼り付けた楓香は、声が上擦りそうになるのをグッと堪える。

谷口を助けてあげたい。そう思ったからこそYエスにやって来たが、こちらとしても以前と同じようには働けないだろう。

雇用内容はしっかりと吟味させてもらいたい。主張する楓香に、氷雨は書類を手渡してきた。

書類の一枚目には、〝涼野楓香　雇用契約内容〟と書かれており、ペラペラと紙を捲ると事細かに就業条件などが記載されている。相変わらず用意周到だ。これを見る限り、楓香は断らないと予測していたのだろう。

谷口の一件で後任を考えたとき、すぐに楓香を引き込む策略が氷雨の頭で繰り広げられたはずだ。

一石二鳥だと彼がほくそ笑んでいたのではないかと簡単に予測できる。

もし、谷口の一件がなかったとしても、あの手この手で策を練ってきただろうが……。

契約内容を見ながらそんなことに考えを巡らせていると、氷雨は仕事の内容について説明をしてくる。

「以前のように、ほとんど楓香一人で俺の秘書業務をすることはない。室長を第一秘書とし、楓香は第二秘書として内勤になる。だから、勤務時間は育休明け社員と同じ。だが、退勤時間については要相談ということで柔軟に対応したいと思っている」

Yエスには現在、育休明けで働いている社員が数名いる。その人たちと同じ形態になるようだ。

フムフムと時折頷きながら、書類に目を通し続ける。

氷雨は淡々とした様子で、重要な点を掻い摘まんで話していく。

「子どもがいると突発的に休まなければならないことも出てくるだろう。そんな場合は、リモートでOKだ。特に、楓香は内勤作業が中心になるから、リモートでも仕事はできるはずだ」

「なるほど」

確かに内勤作業だけとなれば、書類の作成やスケジュール管理などでパソコンがあれば事が足りる仕事が多いはず。いざというときにリモートで仕事ができるのなら、かなり助かりそうだ。

しかし、すぐに氷雨が釘を刺してくる。

「だが、注意事項が一つある。休みの理由が子どもの病気だった場合、リモートも禁止。きっちり休んでもらう」

「え？　そういうときのためのリモートじゃないんですか？」

「リモートしながらでは、看病ができないだろう？　子どもの看病、大変だぞ？」

「皇CEO」

「これは、父親にも適用している。育児は二人でするものだからな」

「……何だか、実感がこもっていますね」

思わず本音が零れ落ちると、氷雨は目尻を下げて幸せそうにほほ笑んだ。

その表情があまりにキレイで見惚れてしまったが、彼の言葉を聞いて身体が硬直する。

「俺は楓香が大変なときに、何もできなかった。だから、これからは絶対に楓香と協力して育児をしたいと思っている。いや、育児をさせてくれ、だな」

色々と考えてくれている彼の言葉に、胸が熱くなる。だが、雨音のことだけは真実を隠し通さなければならない。氷雨と楓香の間には、幾多の問題が山積みだからだ。

楓香は一呼吸置いたあと、氷雨を強い眼差しで見つめる。

「……皇CEO。何か勘違いなさっていませんか？」

「勘違い？」

「ええ。私の子どもは、事実婚を公言している砂原亜嵐との子です。貴方ではありません。この前のパーティーのときに言ったじゃありませんか」

きっぱりと言い切り毅然とした態度で挑むが、心中穏やかではいられない。

元来嘘をつくのが苦手な上、嘘をついたとしてもすぐに見破られてしまうことを自身が充分承知しているからだ。

嘘だと氷雨が気づいてしまうかもしれない。それでも、何が何でも隠し通さなければならないだろう。

パーティーのときに彼が言っていたこと――楓香が好きだという告白――が本当ならば、現在彼に配偶者はいないのだろう。

だが、結局一緒だ。彼が求めてくれても、楓香が隣に立つわけにはいかない。家柄を重視するであろう皇家に、楓香はふさわしくないからだ。

どんなに彼が欲しいと願っても、彼の隣に立てない。そして、亜嵐との契約の件もある。それなら、このまま秘密は隠し通すべきだ。

頑なに言い切る楓香を見て、氷雨は盛大にため息をついて鋭い視線を送ってきた。ゾクリと背筋が凍るほど威圧的な視線に、楓香は口ごもる。

「砂原亜嵐が楓香を抱くのは物理的にも心理的にも無理だ。君が妊娠した年、彼が帰国したのは一月と六月下旬。どちらも一週間ほどの滞在だけ。その裏はすでに取れている。侮るな」

「っ……！」

「そして、君が産んだ子ども……。雨音は、現在一歳四ヶ月。逆算して計算すれば、子どもを身ごもったのは四月中旬になる。名古屋での君との一夜だ」

「……」

「あの頃、君には付き合っている男はいなかった。どう考えても、俺との子で間違いない」

楓香の目の前にあるテーブルに、書類が置かれた。それは、楓香の調査書だ。

楓香に対しての不信感を抱き、彼は調べ上げていたのだろう。

あのとき、亜嵐が提案した契約を承諾しなければ、遅かれ早かれ氷雨に捕まっていた。そういうことなのだろう。

ここまで調べ上げられていては、真実ではないなどと撥ね付けるのは無理がある。

黙りこくっていると、氷雨は前屈みになって楓香の目を見つめてきた。

「勝手に調べたりして悪かった。君のことが心配で……困っているのなら何でもしてあげたい。その一心だった」

「……っ！」

「君と雨音、二人を愛したい」

「氷雨さ……ん」

思わず、あの夜にだけ呼んだ彼の名前を言ってしまう。そんな楓香を見て、彼は甘くほほ笑んできた。

「結婚しよう、楓香。もう、君一人で悩まないでほしい」

「……」

「俺には、君が必要だ。今も、そして君に出会った頃から……ずっと君が好きだ。俺の妻は、楓香以外考えられない」

氷雨は立ち上がり楓香の隣に腰を下ろすと、手を握り締めてきた。その表情は懇願めいていて、必死な様子が伝わってくる。

内心では嬉しい。すごく嬉しい。でも、楓香は彼の手を取ることはできない。小さく首を横に振る。

「ダメです。無理です」

「どうして？　君も俺を想ってくれていたからこそ、雨音を産んでくれたんだろう？」

「……っ」

「俺の自惚れじゃなければ、名古屋での夜に言っていた〝忘れなくてはならない恋〟の相手は、俺じゃないのか？　そして、今も……俺を想ってくれている」

「……」

「今、思えばなんだが……。俺を忘れなくてはいけないと思ったのは、俺に縁談が上がっていたからだろう？」

無言は肯定の意味。そう解釈した様子の氷雨は、ガシガシとキレイに整えられていた髪を勢いよく乱した。

「結果をいえば、あの縁談は潰した。君がずっと好きだったのに、他の女と結婚なんできるはずがないだろう？」

「え？」

「元々俺は乗り気じゃないのに、じいさんが勝手に推し進めていただけ。ただ、相手が相手だったから、断るのも大変でてこずったけど」

「それで……」

泰造に呼び出しされ、縁談相手との食事に出かけようとした氷雨が呟いた言葉は今でも鮮明に覚えている。

『……確かに、このままではいけないか』という言葉を聞いて、氷雨は縁談を受け入れる覚悟をしたのだと思った。だが、それは違っていたのか。

彼の言葉は、縁談相手に断りを早急に入れなかったことへの後悔、そして楓香に対して尻込みしていたことだったのだろう。

胸が熱くなる。何も言えずに息を呑む楓香に、彼は悲しそうに眉尻を下げた。

「ずっと楓香を口説きたいと思っていた。だけど、君には恋人がいるとばかり思っていたからできなかった」

「恋人なんて、いませんでした！」

思わず出た本音。氷雨に誤解されたくない。そんな感情が楓香を必死にさせた。

もう、ダメだ。だから、氷雨に会いたくなかったのだ。

会えば必ず好きという気持ちが零れ出す。それがわかっていたから。

困惑する楓香を見て、彼は小さく頷く。

「ああ、そうだったんだな。あれは噂の範疇だった。今なら、それがわかる」

氷雨は、天井を仰ぎ後悔を滲ませて唇を噛み締める。

「だが、俺は噂を信じ込んでいた」

「氷雨さん」

「名古屋での夜。楓香は俺に弱みを見せてきた。恋人を忘れたいと楓香が思っている。そう思い込んだ俺は君を抱いた。これで君の心に入り込めると思った。でも……俺たちは相手の気持ちを勝手に解釈してすれ違ってしまった」

「……」

「君が退職願を出してきたとき。どうして君の優しい嘘に気がつけなかったのか。この二年、ずっとずっと後悔していた。君は、俺に縁談があると思い込んでいたから、身を引いたのだろう？　お腹に俺の子がいるとわかっていながら……」

「氷雨さん」

「だが、もう……。今は、何のわだかまりもない。お互い、今も好き合っている。三人で幸せになってもいいはずだ」

その通りだ。本当は彼の胸に飛び込んで、頷いてしまいたい。でも――。

「もし……。そうだったとしても、私には無理です」

「どうして⁉」

理由は決まっている。彼が国内大手企業である皇鉄鋼の御曹司だからだ。

だからこそ、彼の手を取ることはできない。お互いが不幸になるのが目に見えている。

それに、雨音に累が及ぶような事態は避けたい。

もし、彼の手を取ったとしても、皇家は結婚には反対するだろう。

だけど、氷雨の血が流れている雨音はわからない。楓香の手から雨音を奪われてしまう可能性がある。それだけは絶対に阻止しなければならない。

キュッと手を握り締め、楓香の正直な気持ちを告げようとしたときだった。

「楓香ちゃん‼」

ＣＥＯ室に入る許可が下りている社員は、限られている。

谷口と秘書室長以外、この部屋に何の躊躇もなく入れるのは、ＣＯＯだけ。

だが、先程秘書室のホワイトボードを見たが、ＣＯＯは外出していたはずだが……。

慌てて顔を上げてドアの方に視線を向けると、そこには悲痛な表情を浮かべた泰造が立っていた。

「泰造……さん」

驚いてソファーから立ち上がると、久しぶりの再会に涙が込み上げてくる。

もう二度と会えないかもしれない。そんなふうに思って渡米したのは、二年前。

日本を発つ日が決まり、携帯の解約をする際に泰造に謝罪のメールを送っていた。

『今までお世話になりました。泰造さんとの和菓子談義、楽しかったです』それだけを送信し、電源を切ってそのまま。

不義理なヤツだ、と怒っているに違いない。合わせる顔がない、と視線を落とそうとした楓香の目の前に、紙袋が差し出された。

「え？」

驚いて紙袋と泰造を交互に見つめる。すると、彼は強引に紙袋を押しつけてきた。

慌ててそれを受け取ると、楓香が好きだと泰造に力説したことがある最中の箱が入っている。

「楓香ちゃん。この老いぼれを二年も放っておくなんて酷いぞ⁉」

「泰造さん」

言葉こそ挑発的だが、泰造は涙ぐんでいた。彼の涙声を聞き、楓香は涙が抑えられなかった。

「和菓子友達だろう、儂たちは」

「は、はい……」

「あんなメールだけで、さよならは淋しすぎるだろう？」

「その節は……本当に申し訳ありませんでした」

深々と頭を下げると、肩に手が置かれた。温かな泰造の手だ。

ゆっくりと顔を上げると、泰造は皺くちゃの顔を申し訳なさそうに歪めていた。

「謝らないといけないのは、儂の方だ。氷雨から全部聞いた」

「泰造さん……」

「楓香ちゃんは、氷雨をずっと好いてくれていたんだろう？　それなのに、君に氷雨の縁談の話をしてしまった。それを聞いて、身を引こうとした。お腹に氷雨の子どもを宿したまま……」

「……っ」

言葉を紡げない楓香に、泰造は後悔を顔に滲ませる。

「実は……儂も氷雨と同様で楓香ちゃんの噂を真に受けていたんだ。幼なじみの恋人がいるという噂を。どうやらそれは、氷雨を狙っていた女が意図的に流した嘘だったとあとからわかったんだ……」

「え？」

まさか泰造の耳にまで入っていたとは。目を瞬かせて驚いていると、彼は困ったように口を歪めた。

「それなのに儂はまともにその嘘を信じこんでしまった。儂としては、氷雨のことを楓香ちゃんにお願いしたかったんだ。だけど、楓香ちゃんには恋人がいる。それなら幸せを願ってやるのが一番だと」

「泰造さん」

「結局は、その勘違いが全てを狂わせてしまった。なぁ、楓香ちゃん」

「は、はい」

背筋を伸ばすと、泰造は懇願するような表情で伺いを立ててくる。

「これだけは言わせてくれ。儂は楓香ちゃんに氷雨の嫁になってほしいと思っていた」

「泰造さん」

「さっきの氷雨との会話。悪いが、耳に入ってしまった。氷雨との結婚に踏ん切りがつかないのは、皇の家がネックになっているんだろう？」

「っ」

「儂はもちろん、氷雨の両親も楓香ちゃんに早く嫁いできてほしいと願っている。それだけは絶対に伝えたいと思って飛んできたんだよ」

ポンポンと楓香の頭に優しく触れたあと、「氷雨とゆっくり話し合いなさい」と言ってほほ笑む。

その温かな笑みは、一緒に和菓子を頬張ったときの泰造の顔と一緒。

二度と笑いかけてもらえないと思っていた楓香は、胸が詰まった。

わだかまりが消えてほほ笑み合っていると、泰造の秘書がCEO室の扉を叩く。

「会長。そろそろ――」

「あぁ」

気難しい声で返事をすると、泰造は表情を和《やわ》らげて楓香を見つめてきた。

「じゃあ、楓香ちゃん。また。氷雨が暴走したら言ってくれよ。儂がぶっ叩いてでも止めるから」

「泰造さん」

「よく考えておくれ。儂としては、皇に来てくれることを願っているがね……。楓香ちゃんが決めるべきだから」

急《せ》かす秘書を睨みつけてから、泰造は楓香にヒラヒラと手を振って部屋を出て行ってしまった。

泰造にもらった最中を紙袋ごと抱き締める。彼の優しさを感じて、胸が震えた。

何も言わずソファーに座り込んだ楓香の手を握り締め、氷雨は優しく声をかけてくる。

「じいさんの話でわかっただろう？　皇家は楓香と雨音を迎える準備をしている」

「氷雨さん」

「だから、何も心配しないでいい」

「……」

泰造から話を聞いて、皇家は楓香を受け入れてくれようとしている。それがわかって嬉しくなった。

だが、楓香が決断を下せないのは、皇家のことだけではない。

他にも問題は残されている。亜嵐との契約の件だ。

砂原家が楓香を支えてくれなかったら、雨音と二人どうなっていたかわからない。

感謝してもしきれないのだ。

そんな砂原家に対して、恩返しの一つもまだできていない。せめて、亜嵐の縁談問題が解決するまでは、氷雨の手を取れないだろう。

自分の手を掴んでいる彼の手を取り、ゆっくりと外す。そして、彼に向かって首を横に振った。

「嬉しいです。でも、やっぱりダメなんです」

楓香の言葉を噛み締めるように、彼は静かに問うてくる。

「どうして？　理由を聞いてもいいか？」

「……」

「楓香が心配していた皇家の件は片付いた。他にも君が渋る問題があるというのか？」

「……ごめんなさい」

「楓香」

氷雨の悲痛な声を聞いて、胸が掻きむしられるほど痛む。

グラグラと気持ちが揺れるが、今の楓香は彼の手を取ることができない。

楓香は感情を押し殺し、ソファーから立ち上がった。

「でも、仕事は引き受けさせていただきます。明日から、よろしくお願いします」

すっかり秘書の顔になった楓香を見て、氷雨は盛大にため息を吐き出した。

そして彼もビジネスライクな顔を覗かせる。

「ああ、頼む。無理だけはしないでくれ」

「はい、畏まりました」

「あと、楓香が働いている間、雨音はこのビルにある保育所に預けてくれ」

「え？」

楓香が辞める前には、保育所なんて存在しなかったと思う。目を瞬かせていると、氷雨はどこか意味深に口角を上げた。

「すぐに様子を見に行ける場所に雨音がいれば、楓香も安心できるだろう？」

「ま、まぁ……。そうですが」

「皇が経営している保育所だ。うちの会社の社員も預けていて評判はいい。もし、時間があるようだったら今から見学をしてくるといい。連絡を入れておこう」

確かに同じオフィスビルに保育所があるのなら、雨音をお願いしたい。

砂原家の家政婦である藤が雨音を預かってくれると言っていたが、やはり心苦しかったのだ。

お願いします、とお礼を言って部屋を出ようとすると、氷雨は「ああ、それから」

と楓香を引き留めてきた。

「諦めないから」

「え？」

振り返って氷雨を見ると、ドキッとするほど色気を漂わせている。

「君にも事情があるだろうから、今は見逃してやる」

「っ！」

「どんな事情でも、丸ごと全部俺が引き受ける。だから、安心して俺のところにおいで」

ドキドキする。こんなふうに言ってくれるとは思っておらず、言葉が出てこない。

何も言えずにいる楓香に、彼は蠱惑的な視線を向けてくる。

「だが、隙があれば、楓香を口説くつもりだからな」

「な……っ！」

「もちろん、仕事中も」

「っ！」

「気を抜く暇はないぞ？　楓香」

「皇ＣＥＯ！」

慌てる楓香を見て、「もう普通呼びに戻ってしまったか」と残念そうだが何だか嬉しそうに見えるのは気のせいか。

あまりに暢気な返事に脱力していると、氷雨はカツカツと革靴の音を立てて楓香に近づいてくる。そして、奪うようにキスをしてきた。

風のように軽やかなキスに唖然としていたが、ブワッと一気に熱が顔に集まる。

顔が真っ赤になった楓香を見て、氷雨はどこか満足そうだ。

「もう俺は諦めない。躊躇もしない」

「……っ」

「君が好きで仕方がないんだ。だから、早めに諦めた方がいい」

「皇CEO」

「早く、俺の手の中に落ちてこい。楓香」

耳元でそう囁く氷雨の声が、情欲を滲ませていて鼓動が一際高鳴った。

「失礼しますっ！」

慌てて頭を下げると、すぐさまCEO室を飛び出す。

あのまま氷雨と二人きりでいたら……どんなことになってしまうのかわからず、怖かったからだ。

すぐに彼に惹かれてよろめいてしまう自分が容易に想像できる。

愛している男性に乞われたら、誰だって幸せを感じてしまうだろう。

でも、楓香は彼の手を取るわけにはいかない。砂原家への恩義を返すまでは。

ふと、脳裏に浮かんできたのは、亜嵐の言葉。契約解除の条件だ。

氷雨が正式に結婚を申し込んできた。それは、亜嵐との契約解除を意味する。

だが、まだ恩を砂原家に返している真っ最中だ。亜嵐の耳に、入れるわけにはいかない。

世話になったお礼は、必ずする。それが、楓香のポリシーだ。

頑なすぎると自分でも思うが、昔から義理堅い性格だ。こればっかりは直らないだろう。

でも、少しだけ揺れる自分がいるのも確かだ。氷雨を受け入れようとするその芽がゆっくりと育つ。そんな気がして、慌ててそれを払拭しようと必死になる。

赤くなりすぎている頬を誰にも見られませんようにと歩を速めてオフィスを飛び出した。

11

谷口のヘルプとして、Yエスで再び働き出してから十日が経った。

今日も順調にデスクワークをこなし、あと数分で退勤だ。

——今日は、氷雨さん。午後からオフィスにいなかったから。心臓に負荷がかからずに済んだわ。

午前中の彼には、ドキドキさせられっぱなしだった。いや、今日だけではない。働き出した初日から、氷雨はフルスロットルで楓香を口説きまくっている。彼の宣言通りに。

彼はここが神聖な会社だと忘れているのだろうか。そんな心配をしてしまうほどだ。

毎日濃厚な口説き文句を囁かれているのだが、昨日の氷雨はすごかった。

氷雨は一日内勤だったのだが、彼が楓香に命じたのは『秘書スペースじゃなくて、俺の部屋で仕事をしろ』というもの。

公私混同ではないか、と最初こそ憤っていたのだが、確かに二人でこなした方が早く済む仕事だった。

公私混同ではないとわかったので、彼の言う通りCEO室にパソコンを持ち込んで仕事をすることに。

しかし、問題はそのあとだ。昼少し前になると、CEO室にお弁当が届いた。会食などでよく利用している料亭のものだったので、特に気に留めず受け取ったのだが……。

昼休憩後すぐ、氷雨はオンライン会議が予定されている。

ちょうど仕事も片付いたので、少し早いが昼食を取ることになった。

楓香はCEO室の隣にある秘書スペースへと戻り、そこにあるミニキッチンでお茶の準備をしていると氷雨がやってきたのだ。

「皇CEO。向こうでお待ちください。お茶をお持ちいたしますから」

茶筒に手を伸ばそうとすると、その手を氷雨に掴まれてしまった。

え、と驚いている間にも背後から抱き締めるように、もう片方の手は楓香の腰に巻き付けられたのだ。

密着することで、彼の爽やかなコロンが香る。そこでようやく、この状況が危ういと気がついた。

「CEO。ここは会社です。それに、仕事中ですが？」

冷たくあしらったのにもかかわらず、そんなもので怯む氷雨ではないようだ。耳元で甘く囁いてくる。

「もう昼休憩だ。休憩中に何をしたって人の勝手だろう?」

「……ここは会社です」

「安心しろ、楓香。この部屋には、限られた人間しか入ってこない。COOは今日は休暇を取っているし、秘書室長は愛妻弁当を片手に社食に行くはず。誰も来ないから、俺たちがこうして抱き合っていても誰にも咎められない」

ああ言えばこう言う状態に、楓香はお手上げだ。だが、この状況に甘んじているわけにはいかない。

何とかここから逃げなくては。その一心で、手にしていた茶筒を背後にいる氷雨に見せる。

「今から熱湯を使いますから」

「了解。あ、楓香の分もお茶を入れて」

「え?」

「君の分のお弁当は注文済みだから」

「お弁当を持って――」

嘘をついて逃げようとしたのだが、すぐさまそれを見抜かれてしまった。

「――きてはいない。今日は遅刻しそうになって、慌てて保育所に雨音を連れて行ったのを目撃している。弁当を作る暇はなかったんじゃないか？」

「……っ」

何も言えずにいると、氷雨は「じゃあ、お茶よろしく」と秘書スペースを出て行く。

「……勘弁してください」

心臓がバクバクしていて、お茶を入れるのにも時間がかかってしまった。

やっとの思いでお茶を持ってCEO室へと入っていったのだが、そこからがまた心臓によろしくない展開になったのである。

「あの……これは一体」

お茶をテーブルに置いたがすぐ、氷雨に腕を掴まれて引き寄せられてしまった。

よろけた身体は、そのまま彼の方へと体重を預ける形になってしまう。気がつけば、彼の太股に腰を下ろす形で座ってしまっていたのだ。

離れようとするのだが、それを氷雨は許してくれない。チュッと唇にキスをされ、羞恥で身体が硬直してしまった。

「キスをするとき、やっぱりメガネは邪魔だな」

「CEO！」

「メガネを外してくれるか？」

「外しませんっ！」

慌てふためく楓香を見て大笑いしたあと、氷雨はお弁当に入っていた一口サイズの茶巾寿司を箸で摘んでニッコリとほほ笑んできたのである。

「ほら、どうぞ」

「……」

早く口を開けろとばかりに、より楓香に近づけてきた。

「いえ、自分で食べますので」

「早くしないと落ちてしまいそうだ。ほら、早く」

「……っ」

「楓香。食べて？」

本当に狡い。そんな甘えた声で頼まれたら、拒めない。楓香は、半ば自棄《やけ》になりつつ口を開いた。

「イイ子。ほら、次はこれを食べてみて。ここの筑前煮。美味しいから」

一口サイズとはいえ、なかなかな大きさのタケノコだ。それを口に放り込まれ、もぐもぐと口を動かす。

きっと美味しいに違いない。ここの料亭弁当は、とても人気があるのを知っている。

しかし、味がしない。全くしない。恥ずかしすぎて、味覚などどこかに消えてしまった。

チラリと彼に視線を向けると、蕩けてしまいそうな甘い表情でこちらを見つめている。

その視線の熱さに胸が忙しなく鳴ってしまう。

そのあと、ようやく楓香を解放してくれたのだが、最後の最後までお弁当を味わう余裕はなかったのが残念だ。

こういう出来事が毎日繰り広げられるのである。心臓が保たないだろう。

こんなことをしていたら仕事に支障をきたすはず。そんなふうに思っていたのだが、さすがは皇氷雨と言うべきか。

あれだけ色々と楓香に愛を囁いたり、スキンシップを試みたりしているのに仕事はおろそかにしない。それが本当にすごいと思う。

こちらとしては、毎日心を乱されて平静を保つのに必死だというのに。それが、恨めしい。

あまりに頻繁にアプローチしてくるので『心臓が保ちませんので、自重していただけませんか？』と泣きを入れたのだが、一蹴されてしまった。

『心臓が保たない？　それは困ったな。俺の愛する人が倒れてしまっては堪らない。だから、早く俺と結婚をすると頷けばいい。簡単だ』とシレッと言い切るのだから堪ったものではない。

秘書業務に支障が出ると訴えたのだが、『いや、驚くほどクールな秘書殿だぞ？　あまりに動揺しないから俺のアプローチが足りないのかと、もっと頑張ろうと思っていたんだが？』などと言われてしまった。

——それは、冷静になろうとしているだけです！

氷雨に言えば喜ぶだけなので、それ以上は言わずにおいた。

気持ちを抑えるのに必死になっている、イコール氷雨を意識しているということ。

結局は、大好きな男性に口説かれて喜んでいる自分がいるのだ。

気を張っていなければ、すぐさま彼の手に落ちていくだろう。だが、落ちるわけにはいかない。

——氷雨さんと我慢比べだな。

そんなことを思い苦笑しながら、タブレットに目を向ける。

そろそろ氷雨は帰社する頃だろうか。だが、時間的にすれ違いになりそうだ。

淋しい気持ちになるのを、慌てて頭を振って払う。

タブレットの電源を落とし、片付けを済ませてオフィスを出た。

向かうは、このオフィスビルにある保育所だ。雨音は、そこで一日を過ごしている。

久しぶりにYエスに来訪して氷雨との面談（?）の日、彼の勧め通り保育所に見学に行かせてもらった。

すでに氷雨から連絡が行っていたらしく、スムーズに話は進んだ。

文句のつけようがないほどの保育所だった。Yエスの社員だけではなく、オフィスビルに入っている企業の社員の子どもも預けられているようだ。

即決で入所を決め、楓香の仕事始めと同時に雨音はこちらの保育所でお世話になることになった。

最初こそなじめない様子の雨音だったが、優しい保育士に抱っこされてご機嫌だ。

一人、男性の保育士がいるのだが、やはり拒絶をされてしまうと嘆いていた。

若い男性が苦手だと伝えておいたので、なるべくその男性保育士は近寄らないようにしているらしい。

それを聞くと申し訳なく思うが、「諦めません！」と何とか雨音と仲良くなろうと日々努力していると言っていた。

先生たちは皆、プロフェッショナルばかりで、とても気を配ってくれている。安心してお任せできて、本当にありがたい存在だ。

今日の雨音は保育所を楽しんでいただろうか。雨音のことを考えると、少しでも早く迎えに行ってあげたいと気持ちが逸る。

知らぬうちに速くなる歩調に気がつき、楓香は苦笑した。

今日は金曜日だ。土日は、しっかりとお休みをいただいているので、溜まっている家事をやって雨音とお散歩にでも繰り出そう。

天気はどうだっただろうか。今朝テレビで見た天気予報を思い出しつつ保育所へと向かう。

保育所に着くと、何だかいつも以上に賑やかだ。

どうしたのかとひょっこりと顔を覗かせると、そこには氷雨がいた。

それだけでも驚きなのに、彼の腕の中で雨音がキャッキャッと嬉しそうに笑っているではないか。

それに対して、男性保育士が項垂れて文句を氷雨に言っていた。

「オーナーと雨音ちゃん、毎日会っているっていっても、時間にしたら数分ですよね？　俺なんて何時間も一緒にいるのに。オーナーだけに懐くって……！　どうしてですか？」

男性保育士の言葉に驚く。

氷雨はとても忙しいのに、時間をやりくりして毎日保育所に通っていたというのか。

「あはは、どうしてだろうな」

雨音を愛しそうに抱き締めている氷雨を見て、胸が痛くなった。

彼の事情を勝手に考えて雨音の存在をずっと知らせなかったのは、楓香だ。

彼の人生の足枷になりたくないと伝えなかったのだが、それは間違いだったのだと最近よく思う。

氷雨が現在フリーだから言えるのだが、それでも相談もなしに産んだことに対して罪悪感を抱く。

雨音に関して氷雨は一切調査を入れてはいないようで、事あるごとに楓香に聞いてくる。

雨音の父親である氷雨には、娘のことを知る権利があるのではないかと思い、聞かれれば答えるようにしていた。

雨音のことを知るたびに、氷雨の表情は慈愛深いものになっていく。少しずつ父親の顔をするようになってきたと思う。

楽しそうに氷雨の顔をペタペタと触る雨音を見て、亜嵐が言っていたことを思い出す。

幼い頃の楓香は、今の雨音と同様に若い男性が苦手だった。だが、自分の父親にだけは抱っこをせがんだらしい。

雨音は氷雨に抱っこをされて、ご機嫌で笑っている。そんな娘を見て、柔らかな表情を浮かべる氷雨。

彼の中に芽生え始めている父性。それを、楓香が奪っていいのだろうか。そんな迷いが出始めている。

雨音も、氷雨と一緒にいたいと思うかもしれない。彼が好きだと全身を使って伝えている雨音を見ると、困惑してしまう。

砂原家への恩義か、それとも自分の感情か。どちらを取ればいいのか、わからなくなる。

グラグラと感情が揺れた。氷雨と再会して、彼の事情を聞いたあとは、常に揺らいでいるかもしれない。

「そろそろ雨音ちゃんママが来ますかねぇ。オーナーありがとうございます。雨音ちゃんが泣き止んだのにはビックリでしたよ」

「雨音ちゃん、一時間ぐらい泣き続けていたのに。オーナーの顔を見たら、途端に泣き止んで自分から抱っこをせがむなんて……。うぬぬ、負けていられない」

「ほほほ。雨音ちゃんは、オーナーがお気に入りになったのよ」

悔しがる男性保育士を、所長先生が諭す。氷雨は壁にかけられている時計を確認して少しだけ淋しそうな表情を浮かべた。

「そうですね。涼野さんは、そろそろ仕事を終えている時間ですから。……さぁ、雨音ちゃん。ママが迎えに来るよ？　下りようか」

氷雨は、雨音を自分の娘だとは保育士たちに伝えていない様子だ。あくまで他人というスタンスを取っている。

氷雨がフロアに雨音を下ろそうとするのだが、それを雨音がイヤイヤと首を横に振って拒否した。

「あら、雨音ちゃんはオーナーが好きなのねぇ」

ほほ笑ましいと所長先生は頬を緩ませる。雨音の行動に驚いた様子の氷雨だったが、再び抱き上げて雨音にほほ笑んだ。

「じゃあ、ママが来るまでの間だけだ。いいね？　雨音ちゃん」

雨音の柔らかい髪に触れ、目尻にたっぷりの皺を寄せる。そんな彼の表情が見蕩れてしまうほどに魅力的だった。

雨音は喜び、ギュッと氷雨に抱きつく。その光景を見て、楓香は想像してしまった。

ずっと考えないようにしていた映像が、脳裏に浮かぶ。

楓香と雨音、そして氷雨。三人で手を繋ぎほほ笑み合っている光景だ。雨音をお腹に宿したときから何度も想像していた。

育児で悩んだとき、自分の力ではどうしようもなくて途方に暮れていたとき。

楓香の脳裏には、いつも氷雨がいた。

彼なら、何と言って楓香にアドバイスをしてくれるのだろう、と。

――この人と一緒に人生を歩んでみたい。

抑え込んでいた感情が湧き出てくる。それを止める術は、すでに楓香は持ち合わせていなかった。

手を伸ばせば、少しの勇気を出せば、彼に触れることができる距離にいる。それなのに、我慢できるほど楓香は人間はできていない。

亜嵐に全てを打ち明けよう。にこやかにほほ笑み合う、正真正銘の父子《おやこ》の姿を見て決意を固めた。

砂原家には抱え切れないほどの優しさをもらっている。恩を返せず、不義理をすることになるだろう。だけど――。

――もう、自分の心に嘘はつけそうにないよ。

血を分けた本当の親子の氷雨と雨音を見て、亜嵐に全てを打ち明ける覚悟を決めた。

契約更新の話の前には、きちんと亜嵐に話そう。

雨音の父親のこと、そして楓香の気持ちを。もちろん、砂原家の皆にも了承を得なければ、やはり話を進められない。

だけど、自分の気持ちは抑えられなかった。

泣きたくなるぐらいに彼が好き。そんな気持ちを隠し通すのは、もう無理だ。

知らぬうちに眉間に皺を寄せて考えていたようで、慌てて息を吐き出して緊張を解く。

「ありがとうございました」

今来たように装い、保育所の先生方に声をかける。

すると、氷雨が楓香を見て柔らかくほほ笑んで、「お疲れ様」と労いの言葉をかけてきた。

「お疲れ様です、皇ＣＥＯ」

小さく会釈をし、彼に手を伸ばす。

「雨音を見ていただいて、ありがとうございました」

そこでようやく楓香を認識したのか。氷雨に抱きついていた雨音が、楓香に向かって手を伸ばしてきた。

それを見て、氷雨は残念そうに小さく呟く。

「やっぱりママがいいのか、雨音ちゃんは」

氷雨は渋々といった様子で雨音を楓香に手渡すと、その呟きを聞いていた男性保育士が豪快に笑った。

「オーナーさん。雨音ちゃんに、振られちゃいましたねぇ」

「あら？　先生は最初っから雨音ちゃんに振られているじゃない」

「それは言いっこなしですよ、所長先生」

眉を下げて情けない声を出す男性保育士を見て一同が笑う中、所長先生は雨音の荷物が入ったトートバッグを楓香に手渡してきた。

「今日も一日、雨音ちゃんは元気に過ごせました。ご飯もしっかりと食べたし排泄物も通常通りでしたし……。今日、お昼寝は泣いていてできなかったので、夕方寝てしまうかもしれません。あ、お茶を飲もうとして零してしまいましたので、お着替えをさせました。汚れ物はビニール袋に入っていますので、洗濯をよろしくお願いします」

「ありがとうございました。では、来週もよろしくお願いいたします」

抱っこひもで雨音を抱き上げたあと、お礼を言って保育所を後にする。

すると、すぐさま氷雨が追いかけてきた。

「涼野」

「あ、何かありましたか？」

氷雨は、二人きりではない場所ではきちんと名前を使い分けてくれている。

だが、楓香と呼ばれるのに慣れてしまっている今、名字だと反応が遅れてしまう。すっかり彼に感情を誘導されてしまっているようだ。

仕事の件で話があるのだろうか。そう思って足を止めたのだが、彼は苦く笑った。

「貸してみろ」

「え？」

何を言っているのか一瞬わからずに首を傾げると、氷雨は楓香の肩にかけていた大きなトートバッグを取り上げてきた。

「え？　皇ＣＥＯ？」

「バッグがパンパンだな……。何が入っているんだ？」

「えっと、着替えや紙おむつ、おしり拭き。タオルとか、食事用のエプロンとかですかね」

「毎日、こんなにたくさんの物を持ってきているのか？」

「そうですよ。でも、ここの保育所はお昼寝布団を用意してくださるので助かっています。場所によっては、お昼寝布団を持参しなくてはいけないところもありますから」

「……このバッグと子どもを抱いて、出勤しているのか」

「まぁ……。そうなりますね。でも、皆さんやっていることですし」

「涼野は、電車通勤だったな？」

「あ、はい」

眉間に皺を寄せて難しい顔をしている氷雨に、大丈夫だと諭す。

「なるべく電車が空いている時間を選んで乗っていますし。何とかなっていますよ？」

「いや、大丈夫じゃないだろう」

「え？　うちの保育所を利用しているママさんは、全員同じようにしているはずです」

「荷物の軽量化を考えられないだろうか」

色々な分野に手を出すのは、好奇心旺盛な彼ならではだ。

氷雨と肩を並べて歩き、エレベーターホールまで辿り着いた。

エレベーターを待っているのは、楓香たちだけだ。エレベーターが来るのを待ちながら、氷雨は持ち物について考え込んでいる。

「ちょっと検討が必要だな」

顎に手を当ててブツブツと検証をしている彼に、雨音が声を上げて手を伸ばした。

自分に向けてきた小さな手を見て、氷雨は穏やかな表情になって雨音の手を握る。

「……雨音ちゃん、かわいいよな」

ボソッと小さく呟き、彼の頬が真っ赤に染まった。

目を細めて、雨音を愛おしそうに見つめている。そんな氷雨をあまり見たことがなく、凝視してしまった。

彼は楓香の方を見て、甘くほほ笑んでくる。

「この子は涼野によく似ている」

「そ、そうでしょうか？　どちらかというと……」

氷雨に似ている。目元や口元なんてそっくりだ。そう口走りそうになり、慌てて口を閉ざす。

楓香が何を言いたいのか。きっと氷雨は理解したはずだ。

ソッと視線をそらすと、小さく笑われてしまった。だが、その笑い方は照れを含んでいるように感じる。

エレベーターに乗り込んだあとも、雨音は氷雨を見てご機嫌だ。

赤ちゃん時代の楓香も、今の雨音のような感じだったのだろうか。想像すると楽しくなって、思わず噴き出してしまう。

すると、氷雨は怪訝な表情で楓香の顔を覗き込んでくる。

「どうした？　楓香」

「えっと、あの……大丈夫です」

恥ずかしくなって手を顔の前で振っていると、彼は何だか嬉しそうに頬を緩めていた。

「いいな」

「え？」

「楓香のクールビューティーの仮面が、俺の前では外れかけている」

「っ！」

確かにその通りかもしれない。彼との心の距離が近づいた証拠か。今までの楓香だったら、こんな気の抜けた顔は上司の前では一切しなかった。

「いい傾向だ。もっと俺に懐けばいい」

「懐く……ですか？」

「ああ。トロトロに甘えさせたくなるな」

「え……っぁ」

氷雨は雨音の手を掴んだままの状態で、楓香の唇を盗む。その素早い行動に一瞬目を丸くさせて驚いたが、すぐさま羞恥心が込み上げてくる。

「ＣＥＯ！　ここ、エレベーターの中です。誰が来るかわからないのに……」

それどころか、監視カメラに映ったかもしれない。恥ずかしくなって彼から離れようとしたのだが、それを阻止される。肩に手を回され、引き寄せられてしまったからだ。

「雨音だって、両親が仲良くしていた方が嬉しいと思っているぞ」

「っ！」

雨音は、きょとんとした顔で二人の顔を見ている。ますます恥ずかしさで居たたまれなくなった。

「勘弁してください、皇CEO」

「勘弁してほしかったら、まずはそれを直せ」

「え？」

「二人きりのときぐらい、氷雨と呼んでも構わないだろう？」

「構います！」

フイッと顔を背けると、ククッと忍び笑いをする声が聞こえる。その笑い声を聞いて、揶揄われたとますます顔が熱くなった。

肩に回されていた氷雨の手が離れていく。彼の体温が遠ざかり、なぜか淋しくなってしまった。

氷雨の顔を見ると、「ん？」と不思議そうな目で楓香を見つめてくる。

「もうすぐ着くから」

「あ……」

確かに、そろそろロビーに着きそうだ。だから、氷雨は楓香から手を離し、雨音の手も離したのだろう。

色々と恥ずかしさが込み上げてきてしまって氷雨を直視できないでいると、彼の手が今度は背中に触れた。

「ほら、行こう」

「は、はい」

エレベーターの到着音と共に扉が開く。楓香は、氷雨に促されるまま外に出た。

人が行き交うロビーで、楓香は背筋を伸ばしたあとに上司である氷雨に頭を下げる。

エレベーター内では気が抜けていたが、人目のあるところではきっちり秘書の顔でいなければならないだろう。

小さく笑みを浮かべ、氷雨に挨拶をする。

「今日もお疲れさまでした。では、お先に失礼いたします」

「……」

「荷物、ありがとうございました」

氷雨がトートバッグを持ってくれていたことを思い出し、彼に手を差し出す。だが、なかなかバッグを返してくれない。

「皇CEO？」

「このまま君たちを家まで送る」

「いえ、大丈夫です。今ならラッシュ前に帰れますから」

再度手を差し出してトートバッグを返してくれと頼む。だが、氷雨は顔を歪めて首を横に振る。

押し問答をしていると、氷雨を呼ぶ声が聞こえた。COOだ。

「この前、話した北海道の――」

仕事の話のようだ。氷雨は小さく舌打ちをする。COOに手を上げてから、氷雨は楓香に向き直った。

「悪い、送っていけそうにない」

「そんな、謝らないでください。お気持ちだけいただいておきます」

「気をつけて帰ってくれ。お疲れさま」

「はい。では、失礼いたします」

いつも通り、上司と部下というスタンスでやり取りをしてから、COOにも挨拶をしたのちにオフィスビルを出た。

「さて、お家に帰ろうか。雨音」

氷雨と別れたのが淋しかったのか。今も彼の姿を探している雨音を見て、今夜亜嵐に相談をしようと再度心に誓う。

ヨイショッと肩にかけていたトートバッグをかけ直すと、駅に向かって歩き出す。

少し歩き出してから気がついたのだが、誰かにあとをつけられている気がする。

自意識過剰かと思うが、それでも何となく背中に視線を感じているのだ。

そういえば、と思い出す。今日、カフェテリアで耳にした噂話のことだ。

最近、会社付近で不審者が出没しているらしいから怖いね、という内容だった。

何でも、彼女たちと同じ会社の女子社員が、すでに何人かあとをつけられたという。

もしかしてその不審者が今、あとをつけているのだろうか。

だが、怖くて振り向けない。

――大丈夫。これだけ人通りがあるんだから。何も起きないわ。

人の目はある。こんなところで、襲いかかられるなんてことはないだろう。

だが、ずっとあとをつけられていれば気持ちが悪い。ギュッとバッグの取っ手を握り締め、抱っこしている雨音を抱き締める。

ドクンドクンとイヤな心臓の音しか聞こえず、気持ちだけは逸ってしまう。

雨音を抱いているので、走って逃げるわけにもいかない。何かあったら、どうやって雨音を守ろうか。

つかず離れずの距離に人の気配がして、心臓が異様な速さで高鳴っていく。

少しずつ歩調を速めるのだが、楓香の背後にいる人物も足早になってついてくるのがわかる。

ゾクッと恐怖で身体が竦みそうになるのをグッと堪え、より歩調を速めた。

あと少しで駅前に着く。そうすれば、今より人の量が増えるはずだ。

そう思ったときだった。行く手を阻むような人の影に、声にならない叫び声を上げる。

それが楓香をずっとつけてきた人物を刺激してしまったのか。

黒ずくめの男が、いきなり雨音に向かって手を上げてきた。

それを見て、慌てて背中をその男に向けて雨音を守るように抱き締める。

——殴られる！

痛みに耐えられるよう、グッと歯を食いしばった。だが、痛みはいつまで経っても襲ってこない。

身体を硬直させていると、カシャンと何かが落ちる音がしたあとにふわりと覚えがある香りが鼻腔を擽った。

「大丈夫か、楓香！」

「ＣＥＯ！」

彼の必死な顔を見て、安堵のためにその場に座り込んでしまう。息がうまくできないほど恐怖に襲われていたことに、今更ながらに気がついた。

ハァハァと呼吸を乱している楓香の肩を抱き寄せて、氷雨はキュッと力強く抱き締めてくる。

彼の体温を感じて、ようやく呼吸ができるようになった。ホッと胸を撫で下ろすと、氷雨は乱れた呼吸で心情を吐露する。

「よかった、無事で……。本当によかった」

「CEO……」

「雨音は大丈夫か？」

「はい、大丈夫です」

雨音の顔を二人で覗き込んだが、「何かあったの？」と言わんばかりにポカンとしている。

だが、二人が顔を覗き込んできたのが嬉しかったのか。ニコッと満面の笑みを浮かべた。

その表情を見て、ようやく楓香も、そして氷雨も安堵のため息を零す。

「寿命が縮んだ……」

ハァー、と深く息を吐き「よかった」と呟き、彼は辺りを見回す。

「あの男、逃げ足が速いな」

悔しそうに言葉を吐き出した氷雨は、楓香に真剣な顔で聞いてくる。

「さっきの男、面識は？」

「ないです。初めて見る顔でした……」

黒ずくめの男の顔を思い出し、身体が竦んでしまう。もし、氷雨が助けてくれなければ今頃どうなっていたかわからない。

最悪な事態を免《まぬか》れたことで、安堵して身体から力が抜けてしまった。そんな楓香を、氷雨は慌てて抱き留めてくれる。

「とにかく、一度会社に戻ろう」

「……はい」

楓香たちを助けるときに外れてしまったのだろう。氷雨のメガネが歩道に落ちている。

彼はそれを拾い上げて掛けた。かなり勢いよく落ちたはずなのに、壊れていなかったようだ。

駅は、もう目と鼻の先だ。氷雨の気持ちを遠慮して、自力で帰ることは可能である。

だけど、今はもう少し氷雨の近くにいたい。彼の近くにいれば、先程の恐ろしい出来事を忘れられる気がしたからだ。

彼から離れるのが怖くて、ジャケットを掴んでしまう。それに気がついたのか。氷雨は楓香に手を差し出してきた。

「え？」

「繋ごう」

「で、でも……」

今から会社に向かうのに、氷雨と手を繋いでいれば何かと噂が立ってしまいそうだ。遠慮しようとする楓香の手を、氷雨は強引に掴んでくる。

「大丈夫だ、楓香。もう、あの男はいない」

「……はい」

「お前たちには、俺がついている。だから、大丈夫だ」

楓香に言い聞かすように、彼は力強く言う。不安げに彼を見つめていた楓香だったが、その言葉に安心して肩から力が抜けた。

小さく頷くと、氷雨は楓香の手を引いて会社への道を歩き始める。彼の横顔を見つめながら、疑問に思っていたことを聞く。

「どうして、ＣＥＯはあの場にいたんですか？」

「ああ……。ＣＯＯから、あと数分でこの辺りが大雨になるらしいと聞いたからだ」

ＣＯＯはお天気アプリの雨雲データを見たらしく、楓香を気遣っていたという。

雨音ちゃんがいるのに雨に降られたら大変じゃないか、と。

それを聞いた氷雨は、やっぱり自分が送っていこうと楓香を追いかけてきてくれたようだ。

だが、そのとき。楓香たちを襲おうとしている男を見かけ、全力疾走して助けてくれたらしい。

「本当、危害を加えられなくてよかった」

「はい」

繋いでいる手を、彼はキュッと握り締めてくる。それに応えるように、楓香も手を握り返した。

「あとでオフィスビルの警備会社と警察に連絡しておく。もう、こんなことがないといいんだが」

怒りを抑えているのか。氷雨の横顔はとにかく険しい。

それほど楓香たちを心配してくれていたのだ。それが嬉しくて、胸がほんわかと温かくなるのを感じる。

オフィスビルの地下駐車場へと行き、氷雨が自身の車を解錠した。

ピピッと電子音が響き、氷雨は後部座席のドアを開ける。そこには、チャイルドシートが設置されていた。

「これって……」

「ああ。雨音専用だ。いつか必要になるだろうと思ってな」

感動のあまり言葉が出てこない楓香から雨音を抱き上げ、チャイルドシートに座らせる。

ベルトを装着させながら、氷雨は何でもないように声をかけてきた。

「言っただろう？」

「え？」

装着を済ませ、氷雨はドアを閉めて楓香と向き合う。

「もう逃がさないからって」

「っ」

楓香の頭に手を伸ばし、その大きな手のひらで頭を撫でられた。柔らかく優しく触れてくる彼の手に、縋りたくなってしまう。

氷雨は楓香に一歩、また一歩と近づいてきてくれている。それなら、楓香自身も氷雨の傍にいる努力をしなければならない。

頭を撫でられ、心地よくてもっとしてほしいと願ってしまう。

そんな楓香に、彼はふんわりとした柔らかい表情でほほ笑む。

「助手席に、と誘いたいところだが。楓香は雨音の隣に座ってやってくれ」

「はい……。ありがとうございます」

「雨が降り出す前に行こう」

氷雨は雨音が座っている反対側の後部座席の扉を開けてくれる。

お礼を言い、楓香は未だに震えている身体を動かしてチャイルドシートに座る雨音の隣に腰を下ろす。

氷雨がドアを閉めようとして、動きを止める。

「皇CEO?」

どうしたのかと声をかけると、彼は腰を屈めて楓香を抱き締めてきた。

「震えている」

「え……?」

「怖い思いをしたよな」

「CEO」

「大丈夫。もう、大丈夫だ」

ギュッと楓香を抱き締めて、トントンと背中に優しく触れてくる。その手つきがとても慈愛に満ちていて涙がほろりと頬を伝う。

肩を震わせて泣く楓香を、泣き止むまで彼はずっとそのままの体勢で抱き締め続けてくれた。

12

「すごい雨だな……」

「ですね……」

氷雨が車で楓香たちを家まで送ってくれようとしたのだが、途中ものすごく雨が降ってきて運転するのが危険なほどになってしまった。

そこで、すぐ近くにあるという氷雨のマンションで雨宿りさせてもらうことになったのだ。

氷雨のマンションにお邪魔し、雨が止むのを待ちながら二人で窓の外を見つめる。

バケツをひっくり返したような雨というが、この雨はそれ以上だろう。

高層階にいるのだが、窓に殴りつけるような強い雨で下の様子は全く見えない。

COOが教えてくれた雨雲レーダーアプリの予報は正しかったということだ。

黒ずくめの男に襲われそうになったあと、氷雨に遠慮して電車で帰宅していたら雨音と二人びしょ濡れだっただろう。

振り返って、雨音の様子を見る。

車の揺れが気持ちよかったのか。氷雨のマンションに着いた頃には、すっかり眠り込んでしまっていた。

彼女は現在フローリング部分にラグを敷いてもらい、そこで眠っている。

雨音を見つめていると、携帯の着信音が鳴った。

「悪い。適当に寛いでいて」

それだけ言うと、彼はリビングから足早に出て行った。ドアを閉じた廊下からは、微かに氷雨の声が聞こえてくる。

「まさか、CEOのマンションに来ることになるとは……」

先程から緊張で喉がカラカラだ。大きく深呼吸をして緊張をほぐそうとするのだが、なかなかうまくいかない。

楓香は窓辺から離れ、雨音が眠っているラグへと近づく。

健やかに寝息を立てる娘を見て、楓香は心底安堵した。黒ずくめの男に雨音が殴られでもしたら、どうなっていただろうか。

パニックで頭が真っ白になっていただろう。

幸い、氷雨が助けに来てくれたおかげで最悪の事態は免れたが、もし楓香と雨音二人きりだったら……。想像すればするほど怖くなる。

だが、二人は無事だ。大丈夫だ、と自分自身に言い聞かせた。

腰を下ろしながら、現在いるリビングをグルリと見回す。

氷雨のパーソナルスペースにいるという緊張はあるのだが、先程受けた恐怖は収まっていくのがわかった。

この空間から、楓香を包み込んでくれているような安心を感じるからだろうか。

もし、雨が降らず、そのまま楓香が住むマンションに送り届けられていたら、先程のことを思い出して今頃恐怖で震えていたかもしれない。

氷雨が、いてくれて本当によかった。心から感謝すると共に、楓香にとって彼の存在は大きいと再認識する。

パタンとドアが開く音がして顔を上げた。すると、携帯を手にした氷雨がリビングに戻ってくる。

「警備会社からだった。警察にも動いてもらっているが、ここ最近若い女性や、子連れの母親が黒ずくめの男に襲われそうになったり、あとをつけられたりする事件が何件かあったらしい。楓香たちを狙ってきた男も、同一犯じゃないかという見解だ」

「……」

「オフィスビル周りの警備の強化をするよう指示をしておいた。警察の方も、巡回を増やしてくれるらしい」

「そうですか」

「だが、歯痒いな。逆にいえば、今はそれしかできないということだ」

犯人はまだ捕まっていない。いつまた現れるかどうかわからない現状に、ため息が出てしまう。

雨音を連れて出勤するのは、危険が伴う。犯人が捕まるまでは、慎重に事を運んだ方がいい。

雨音は当分、家で藤に見てもらおうか。それとも、今後の仕事はリモートをお願いした方がいいだろうか。

あれこれ考え込んでいると、氷雨が楓香の隣に腰を下ろしてきた。そして、楓香の手を握り締めてくる。

「なぁ、楓香」

「は、はい」

雨音がいるとはいえ、このプライベート空間には楓香と氷雨二人きりみたいなものだ。

そのことを今更ながらに意識をし、心臓がこれ以上ないほど高鳴ってしまう。

ドキドキして声が上擦りながら返事をすると、彼は真摯な目で見つめてきた。

「一緒に住まないか」

「え？」

思いもよらぬことを言われて目が丸くなる。

そんな楓香を見て、戸惑っていると解釈したのだろう。氷雨は慌てた様子で言い訳をしてくる。

「こんな事件があったんだ。今の住まいから会社に通うとなると危ないだろう。それに、どんなときでも砂原さんが一緒にいるとは限らないんだ。いや、違うな……」

「皇ＣＥＯ？」

彼らしくない言動の数々に、面食らってしまう。その上、何か誤解をしていそうな発言がなかったか。

とにかく冷静になってもらいたくて「落ち着いてください」と声をかけるのだが、彼の耳には届いていないようだ。

キレイに整えられていた髪を掻き乱しながら、楓香に訴えかけてくる。

「正直に言う。俺は砂原さんに妬いている」

「え……？」

まさか、そんなことを言い出すとは思わず、楓香はあんぐりと口を開けてしまう。

唖然としている楓香を前に、氷雨の訴えはヒートアップしていく。

「君にとって、砂原さんは兄のような存在だとわかっているし、向こうも楓香に手を出さないとわかっている。わかっているが……面白くはない。いや、絶対にダメだ。彼と一緒に住むのなら、うちに来てくれ！　楓香と雨音を迎える準備は、すぐに済ませるから！」

「え……キャッ！」

掴まれていた手を引き寄せられ、氷雨の腕の中に導かれた。

ギュッと力強く抱き締められて、どうしていいのかわからなくなる。

彼の情熱的な一面を垣間見て、心臓があり得ないほどにドキドキしてしまう。

「楓香、イエスと言ってくれ」

「皇ＣＥＯ」

「俺に幸せをくれないか？」

「え？」

より強く抱き締められ、戸惑うほどだ。だが、耳元で囁く彼の声は緊張しているようで固く、真剣味が伝わってくるから腕を解いてとは言えない。

「楓香と雨音、二人と一緒に人生を歩んでいきたい。三人で暮らしていきたいんだ」

「皇ＣＥＯ」

「君と雨音を最初こそ手放してしまった。だが、こうして再び会えた。もう、離したくない」

楓香を抱き締めていた腕はゆっくりと解かれていき、今度は両肩に触れてくる。

顔を覗き込んでくる彼の目は、誠実さを滲ませていた。

「愛している、楓香」

「氷雨さ……」

「やっと名前を呼んでくれたな。嬉しい……」

幸せを噛み締める彼の言葉を聞いて、楓香の胸に熱く込み上げてくるものがあった。

涙で潤んだ目で、氷雨を見つめる。視線が合うと、彼は唇に笑みを浮かべた。

――こんな時間を、もっと共有したい。彼と一緒にいたい。

もっともっと、彼を愛したい。ずっと秘めていた気持ちが、湧き上がってくる。

絡まっていたサテン素材のリボンがスルリと解けるように口にしていた。

「……ずっと、ずっと」

「え？」

「ずっと、氷雨さんが好きでした」

胸が熱い。彼に自分の気持ちを告げることができて、それだけで幸せだ。

ずっと我慢していた想いが今、解き放たれる。

そうしたら、止めどなく好きだと言いたくて仕方がなくなる。

「……っ」

息を呑む彼に、必死に自分の気持ちを告げる。

「抱き合ったあの夜より、もっともっと前から貴方が大好きでした」

零れ落ちるように感情を曝け出していく。一度溢れた気持ちは、止まることを知らなかった。キュッとスカートを握り締めると、目頭が熱くなってくる。

「本当は、もっと氷雨さんに近づきたかった」

「楓香」

「貴方は私じゃ手の届かない人だと諦めていました。でも……あの名古屋の夜、勇気を振り絞りました」

泣くのを我慢しながら、胸の内に秘めていた想いを打ち明ける。

「氷雨さんには手が届かない。わかっているのに、どうしても気持ちの折り合いがつかなかった。だから、思わず貴方に相談していたんです」

「ずっと抱いていた恋を忘れる方法を教えてほしい、か」

「はい」

あのときの会話には、お互い大事な部分が抜けていた。

楓香は、〝ずっと抱いていた氷雨への恋を忘れる方法を教えてほしい〟という言葉。

そして、氷雨は〝楓香を忘れられるものなら、とっくの昔に忘れられたのかもな。

だけど、それが難しい〟という言葉。

好きだからこそ怖くて手を出せない。相手のことを考えれば、手を出してはいけない。

そんな葛藤の中、二人はすれ違ってしまった。

――だけど、もう。自分の気持ちに嘘はつけない。つきたくない。

心を曝け出すことで、誰かに迷惑をかけてしまうかもしれない。そんな思いをずっと抱いていた。

だけど、もういいはずだ。二人は、心を解き放つときが来たのだ。

自身の頬に触れてきた氷雨の手に、ゆっくりと手を伸ばす。彼の体温が愛おしい。

ちょこんと彼の長い指を優しく掴み、目を見て気持ちを伝える。

「貴方から離れる前に、一度でいいから抱いてほしくて。後先考えずに……、貴方の手を取ったんです」

黙って楓香の話に耳を傾けてくれる氷雨を見て、涙が零れ落ちていく。頬を伝う涙は、熱かった。

「愛しています、氷雨さん」

楓香の正直な気持ちは伝えた。だが、まだ一つ大事なことを伝えられていない。

頬に伝う涙を手で拭い、ずっと彼に応えられなかった理由を告白する。

「でも、今は貴方の手を取れません」

「……この前も言っていたな。どうして？　何か問題でもあるのか？」

心配そうに表情を歪める氷雨を見て、その理由を話すのを躊躇する。

彼に余計な心配はかけたくない。それなら、亜嵐と話し合い解決してからでもいいのではないか。そんな考えが脳裏を過る。だが――。

――ダメよ。これじゃあ、また同じことになってしまう。

気持ちや感情を呑み込み、勝手に解釈してしまったからこそ、二人はすれ違いを続けた。

でも、そろそろ卒業しなくてはいけない。本当に欲しいのなら、手を伸ばすべきだ。

ずっと傍にいたいのなら、その努力をしなくてはいけないし、努力を怠ってはいけない。

何度も失敗を繰り返すのは終わりだ。

キュッと手を握り締めてから、楓香は亜嵐と契約を交わしていることを告げた。

最初こそ目を見開いて身動きできないほど驚いていた氷雨だったが、ビックリするほど大きな声で叫んだ。

「はぁ!?」

「シーッ!!　静かに。雨音が起きてしまいますよ」

「わ、悪い。つい……」

慌てて口を手で押さえて小声で謝った氷雨は、雨音に視線を向けた。

二人で固唾《かたず》を呑んで雨音を見つめたが、身じろぎをして再び寝息を立て出す。

どうやら起こさずに済んだようだ。顔を見合わせて息を吐き出す。

何だかおかしくなって、声を抑えながら二人で笑う。だが、すぐに氷雨の表情が厳しいものへと変化した。

氷雨は雨音から少しだけ離れたソファーに座ると、楓香を手招きしてくる。

それに従うように、彼の隣に腰を下ろした。

沈黙のあと、楓香から亜嵐との契約の経緯を切り出す。

「妊娠がわかったとき。このまま氷雨さんの近くにいてはいけないって思ったんです」

「それは……。俺が縁談を進めようとしていると思ったからか？」

「はい」

素直に頷き、あのときの切なさと胸の痛みを思い出して泣き出したくなる。

「皇家のこともありますし、氷雨さんは家を重視した結婚をするんだろうと思っていましたから、完全に私は邪魔者だと……。だから、嘘をついたんです」

「恋を忘れなくてよくなった、だったな。それを聞いて、俺は君が幼なじみだという恋人とよりを戻して結婚するのだと誤解した」

「はい。氷雨さんは、いつ結婚してもおかしくない年齢でしたからね。前もってYエスを去る準備はしていました。貴方に、おめでとうと言う勇気はなかったですから」

でも、それが功を奏していたんですよねと眉尻を下げて笑うと、彼は悲しそうに視線を落とした。

「準備を進めておいたおかげで、すぐにYエスを辞めることができた。ホッとしましたよ。これで、氷雨さんから逃れられた。お腹が大きくなったとしても、子どもを産んでもバレない。そう思っていました。だけど——」

しかし、現実は違った。氷雨が楓香の身辺を調査しているという情報を亜嵐から聞いたのだ。

「亜嵐くんから、氷雨さんが私の身辺を探っているらしいと聞いて、逃げなくちゃと思ったんです。だって、私は貴方の重荷になりたくなかったですから」

「重荷なんて！　そんなわけあるはずないだろう！」

必死な形相で言う氷雨を見て、胸が熱くなる。だが、そんな彼に小さく首を振る。

「それでも、あのときの私は、貴方から離れる選択しかできなかった」

「……」

頭を垂れ前屈みで指を組んだ氷雨は、そのままの体勢で楓香の話に耳を傾けている。

彼を見つめながら、妊娠中を思い出していく。

「悪阻も酷くて、一人で大丈夫だろうかとか……。体力的にも、精神的にもギリギリの状態で……。でも、氷雨さんから逃げなくちゃいけない。そんな私に、詳しい事情を聞かずに亜嵐くんが助けを申し出てくれました。だけど、おんぶに抱っこでは申し訳なくて……。なかなか申し出を受けることができなかったんです」

「そこで、事実婚の偽パートナーになってくれと交換条件を持ちかけられたのか？」

「その通りです」

氷雨は、楓香が亜嵐の偽パートナーだと前々から勘づいていた様子。

だが、その内情が実は契約によって成り立っているということまでは知らなかったようだ。

「砂原さんらしいなぁ」

「え？」

「全て計算ずくなんだよ、この契約は」

どういう意味だろう。首を傾げると、氷雨は身体を起こして楓香の方に顔を向けた。

「楓香は知らなかったみたいだが、あの人には好きな女がいる。今も世間には隠れて求婚しているからな。その契約は、それを隠すのにも一役買っていたはずだ」

「え？」

氷雨は、亜嵐が楓香を好きになるわけがない。だから、お腹の子は亜嵐の子じゃなく自分の子だと主張するのを止めなかった。

どこからそんな自信が出てくるのかと思っていたのだが、氷雨は亜嵐の秘密を握っていたからこそ強気に出ることができたのだろう。

それにしても、亜嵐に好きな人がいるなんて知らなかった。ビックリしすぎて言葉が出てこない。

そういえば、彼は結婚はできそうにないと切なそうに言っていたことがある。運命の人に出会えないから結婚はできそうにないという意味だとばかり思っていたが、そうではないということなのか。

亜嵐の片思いなのだろうか。色々と考えを巡らせていた楓香の思考をストップさせるほど、衝撃的な言葉が氷雨の口から飛び出してきた。

「俺の姉と砂原さん。恋人同士だったらしいからな」

「は……？　え？　えー？」

「楓香、シーッ！」

氷雨が、声を抑えて楓香を注意してくる。慌てて口を押さえたが、もっと叫びたい気分だ。

興奮し続けている楓香を、氷雨は窘めてくる。

「雨音が起きるぞ？」

「ご、ごめんなさい」

小声で謝罪をしたが、今はそれどころではない。

頭が混乱していて、戸惑ってしまう。目を泳がせて動揺する楓香を見て、氷雨は肩を竦めた。

「あの二人、別れてはいるけど。今もお互い想い合っているからな」

「そう、なんですね……。でも、それなのにどうして別れてしまったんですか？」

「ああ……。うちの姉、医者なんだ」

「お医者さま」

「ああ。それも救命救急医。常に病院にいて、ワーカホリックってヤツだな。仕事に夢中すぎて結婚はできないって砂原さんを振ったんだ。それでも諦め切れない彼は、今も姉に執着中だ」

「……」

「姉も、まんざらでもないんだけどな。ただ、仕事を優先してしまうから結婚は難しいらしい。彼に迷惑をかけたくないって言っている。本心は一緒になりたいと考えているみたいだけどな」

「そうなんですね」

「砂原さんは姉が好きだから、政略的な結婚なんてしたくない。だからこそ、楓香との契約は渡りに船だったんだと思う」

縁談を潰すのが目的の契約だと思っていたのだが、それだけではなかったようだ。

氷雨の姉との恋を貫きたいからこそ、取りあえずの隠れ蓑《みの》が必要だったのだろう。

これまで亜嵐の恋愛事情に触れたことがなかった。彼は、そういったことを楓香に話さなかったし、匂わせなかったからだ。

亜嵐からしたら、楓香は守るべき妹分。恋愛事情を妹に話すものではないと思っていたのだろう。

——そのわりには、私のことについてはズケズケ聞いてくるし。隠すと怒るのに。

楓香の過去の恋愛事情について、亜嵐は全て把握しているだろう。

今回にいたっては、氷雨について楓香は口を割らなかった。だが、亜嵐のことだ。

雨音の父親が氷雨だとわかっていたんじゃないかと疑っている。

「で？　その契約。どんなふうになっているんだ？」

「あ、はい。私の産前産後の生活をみてもらう代わりに、亜嵐くんの事実婚の偽パートナーになること。これが交換条件になっています。でも、日本で生活するようになったり、私が仕事をし始めたりとだんだんと状況は変わってきているので、契約もどうなっていくのか……。更新は七月。まぁ、他にも契約条件などはあるんですけど。全て弁護士さんに入ってもらって、きちんと書類を作成——」

「ちょっと待って」

全てを話そうとしたのだが、途中で氷雨に止められてしまう。彼は右手を力なく上げ、ジトッとした目で楓香を見てきた。

「契約の話から少しずれるけど。いいか？」

「はい」

「最初に確認しそびれていたことがある」

背筋を伸ばして改まる彼を見て、楓香も姿勢を正す。

恐る恐るといった雰囲気の氷雨に、固唾を呑んだ。

「楓香と雨音は……。あのマンションで砂原さんと一緒に暮らしているんだろう？」

「え？」

「あの人が楓香に手を出すはずはないとわかっている。わかっているが……。どうしても、心配で」

「あ、あの……」

「だから、一緒に住もうと言い出したんだが……」

「あ……！」

確かに落ち着きがなくなった氷雨が、そんなことを言っていたはずだ。そういえば、そのときの答えを言っていなかった。

楓香は慌てて首を横に振る。顔の前で手も振って、必死に否定した。

「えっと、一緒には住んでいません。階も違うし」

「え?」

「N.Y.にいたときは、一緒に住んでいましたけど。砂原のおじさんとおばさんも一緒だったし。産後落ち着いてからは、使用人専用の家で雨音と二人で暮らしていたんです……って氷雨さん?」

頭を垂れて脱力した彼を見て、慌ててしまう。声をかけたのだが、彼はその体勢のまま呟いた。

「よかった」

「え?」

目を丸くさせていると、氷雨は身体を起こした。彼は、頬を緩めて安堵したようにほほ笑む。その笑みが、とても柔らかく優しくてドキッとしてしまう。

「よかった」

安堵し切った様子の氷雨はもう一度同じことを呟き、再び脱力して頭を垂れた。

「氷雨さん」

「君が砂原さんと一緒にいると思うだけで、毎日嫉妬でどうなるかと……。それこそ、この二年間ずっとだ。特に、日本に戻ってきてからは気が気じゃなかった。砂原家にいれば彼の両親もいるだろうから二人きりじゃない、大丈夫だと少しは安心できる。でも、日本には君たちと砂原さんだけ。どんな日常を送っているのか。想像するだけで胸が掻きむしられるほど苛立っていた」

「っ」

「二年前。どうして楓香の気持ちを汲み取ってやれなかったのか。手を離してしまったのか。Yエスを去る君を止めることができなかった自分を呪った。そのあとも会いたくて、会いたくて……。どうしようもなかった」

「氷雨さん」

「嫉妬深い男だろう？　悪いな。これがいつもクールで完璧だとビジネスの場では言われている皇氷雨だ」

首を横に振る楓香に、彼は「情けないよな」と肩を落とす。

「君に関してだけは、かっこ悪くなる。必死すぎるよな」

もう一度首を横に振る。困ったように目尻を下げている彼に、楓香は「一緒です」と言った。

「私は、いつも思っていました。貴方に近づく女性たちに嫉妬していましたよ」

「楓香」

「氷雨さんに近づかないで。声をかけないでって」

隠しておきたい感情だった。だが、スルスルと口から出てくる。それは、氷雨も同じだったようだ。

「俺たちは感情を隠しすぎたな」

「はい」

ビジネスの場では、クールな二人と言われている。だが、本心では余裕のかけらもなかったのに、それを表に出せなかった。

楓香を優しい眼差しで見つめていた彼は、表情を陰らせる。

「二年前、楓香を何も言わずに見送ったが……。どれだけ後悔したか……」

「え？」

「きちんと自分の気持ちを伝えなかったこと。本当は自分の傍にいてほしかったのに、ものわかりのいい上司を演じてしまったこと。クールなふりをしていたが、本当はずっと君に好きだと、毎日愛していると言いたかったこと」

「っ！」

「それらができなかったことを、ずっとずっと後悔していた。だから、絶対に二度と君に遠慮しない」

彼の大きな手のひらが、頬を包み込んでくる。愛おしい、そんな感情を隠しもせず、楓香をまっすぐに見つめてきた。

彼は変わったと思う。いや、感情を曝け出すことを決めたからだろうか。

こんなに氷雨が情熱的な男性だとは、思っていなかった。

それがイヤではなく、むしろ喜んでいる自分がいることに楓香は気がついていた。

彼と再会した、あのパーティーで封印していた感情が解き放たれたのだろう。

「俺たちは、ビジネスの場でずっと一緒にいた。それこそ、お互いがどう考え、どう動くか。わかっていた。そうだろう?」

「はい」

「だが、プライベートはどうだろう? まだまだ知らないことばかりだ」

その通りだと思う。色々な彼を知る前に、楓香は彼から逃げてしまった。

お互いの勘違いで手を離さなければならなかったのだが、そういうすれ違いもお互いを知る時間が少なかったことが原因だ。

「楓香のことを知りたいし、雨音のことも知りたい。それには、やっぱり一緒の時間が必要だ」

「そうですね」

素直に頷くと、彼は言質《げんち》を取ったとばかりにニッコリとほほ笑んだ。

しかし、その笑みに商談が纏まったときと同じぐらいの野心が滲んでいるように感じて戸惑ってしまう。

何かマズイことを言ってしまっただろうか。その不安は的中する。

「今夜は、ここに泊まっていけ」

「は……え？　え？」

「雨も酷いままだし、運転するのも困難だ」

「えっと、あの……！」

話をどんどん進めていく氷雨を見て、楓香は大いに慌ててしまう。

「待ってください。色々と準備が必要かと」

「どんな？」

「どんなって。着替えとかもですし、雨音の食事とか」

「問題ない。雨音の着替えは、トートバッグに入っていた。君の着替えは、俺の服を着てくれればいい。雨音のご飯か……。クタクタに煮込んだうどんなんてどうだ？食べやすいようにカットすればいいだろう？」

「……」

「雨音のベッドはないが、布団をフローリングに敷けばいい」

「……」

「明日は土曜日。仕事は休みだ。帰宅を急ぐ必要はない。朝食を食べてから、君たちをマンションまで送る。それならいいだろう？」

「氷雨さん……」

困って彼の名前を呼ぶと、本人は策士な表情を浮かべていた。

「もう、逃がさないって言っただろう？　まずは、今夜二人を拘束する」

ニヤリと口角を上げて笑う氷雨を見て、楓香は両手を挙げて降伏をした。

「参りました」

「ははは、多少強引だったな」

「多少じゃないです」

膨れっ面をした楓香だったが、すぐに顔が綻ぶ。

「ありがとうございます、氷雨さん」

「ん？」

「私が怖がっていたから……ですよね」

何も言わずにほほ笑む彼に、無性に抱きつきたくなった。

だけど、それは少しだけ恥ずかしいから、彼のワイシャツの袖を指で摘んで甘える。

「さっきは怖かったので。氷雨さんに近くにいてほしかったんです。だから、嬉しい……」

いつもなら呑み込む言葉を勇気を出して言ってみた。

本当は恥ずかしい。だけど、これからは気持ちを溜め込まないと決めたから。正直な気持ちを言う。

頬を赤くさせて視線を落とす楓香の頭を、彼はキュッと抱き締めてきた。

「ずっと、傍にいる。楓香と雨音の傍にいるから」

「……はい」

楓香を抱き締めていた氷雨の身体が一瞬硬直したように思った。

どうしたのかと思っていると、彼は緊張を滲ませた声で「楓香」と名前を呼んだ。

少しの沈黙のあと、覚悟を含ませた声で彼が言った。

「結婚しよう」

どんな顔をしているのだろう。見たいのに、彼に頭を抱き締められたままだ。

彼の表情を見ることはできないが、それでも伝わるものはあった。

信じられないほど脈打つ彼の心臓。体温が一度は上がったのではないかと思うほど熱い身体。声の震え。

その何もかもが、楓香が欲しいと叫んでいる。それが伝わってきた。

色々なものを一気に感じ、胸が熱くなる。小さく頷き、声に出して自分の気持ちを伝えた。

「はい」

楓香の旋毛《つむじ》にキスを落とすと、氷雨は嬉しさを隠し切れないとばかりに今度は身体ごと抱き締めてくれる。

「その前に、契約解除を砂原さんに提案しなくてはな」

「……はい。亜嵐くんには、きちんと話します。そして、契約解除をお願いします」

「ああ」

静かに頷く氷雨を見上げ、「実は……」と彼の腕の中から顔を上げて話を切り出す。

「契約解除の条件があるんです」

「条件？」

「はい。雨音の父親が、私を見つけ出して愛を乞うてきたら契約解除だって」

「……そうか」

はい、と頷いたあと、顔を顰めてそのときのことを思い出す。

「パーティーの日。氷雨さんが私を好きだって言ってくれて本当は嬉しかった。だけど、契約解除を亜嵐くんに言えませんでした」

黙ったまま耳を傾けてくれている彼に、本心をぶつける。

「亜嵐くんや砂原のおじさん、おばさんにはすごくお世話になりました。手を差し伸べてもらわなかったら……今、こうして雨音と二人平穏に暮らせていなかったかもしれない。だからこそ、受けた恩を返していきたいと考えて、亜嵐くんのパートナーで居続けようと思っていたんです」

そんな理由からはじめは氷雨の告白を素直に受け入れられなかったと懺悔《ざんげ》すると、氷雨は静かに頷いた。わかっているから、そんな気持ちを目で伝えてくる。

彼が理解を示してくれて、気が緩む。

フッと力が抜けて、自分の気持ちを曝け出せるような気がした。

包み込むような空気感で氷雨が楓香を見つめてくれている。それがどれほどの安らぎを与えてくれているか。

小さく息を吐き出して、彼を見つめ返す。

「でも、きちんと亜嵐くんに話します。そして、恩は違う形で返したいと伝えるつもりです」

力強く言う楓香の背中をポンポンと優しく触れながら、氷雨はどこか自信がある様子を見せる。

「大丈夫。心配はいらない。君の兄貴分は、楓香が契約解除を言ってくるのを待っているはずだ」

「え？」

どういう意味かと思ったのだが、氷雨は楓香を解放するといきなり立ち上がった。

そして、彼が向かった先には寝起きの雨音がいて目を擦っている。

氷雨を見て、雨音はご機嫌な様子で手を差し伸べていた。それを見てほほ笑み、彼は雨音を抱き上げる。

「さて、雨音。ご飯にしようか。少し待てるか？」

そんなふうに雨音に話しかける彼はすごく魅力的で眩しいほどだ。

「楓香、雨音を頼む。俺はご飯作ってくるから」

親子の絆が見える二人を見て、楓香は頬を緩ませて頷いた。

13

氷雨が作ってくれたうどんをご機嫌で食べた雨音は、彼と一緒にお風呂に入っている。

キャッキャッと楽しげな雨音の声を聞いていると、何だか幸せを感じると同時に、もっと早くに雨音を氷雨に会わせてあげたかったという後悔も押し寄せてきた。

大人の事情で雨音が振り回されてしまい申し訳ないと思う。

これからはどんな問題でも氷雨と悩み考えながら進んでいきたい。

まずは楓香が尻込みせず、勇気を持って氷雨と一緒に歩かなければならないだろう。

そんなふうに思いながら、着替えの準備などをしていたのだが……。

インターホンが鳴る。来客のようだ。

しかし、この部屋の持ち主である氷雨は、雨音とお風呂の真っ最中。家主でない楓香が、応答するわけにもいかない。

どうしようかと迷ったが、ディスプレイを覗き込んで頭の中が真っ白になってしまった。予想もしていなかった人物が来ているのである。

楓香は慌ててバスルームへと飛び込み、声をかけた。

「ひ、氷雨さん。一大事です……！」

「どうした？　楓香」

雨音がはしゃぎすぎて、楓香の声が聞きづらそうだ。

バスルームの扉に向かって話している楓香も彼の声が聞こえにくいが、さすがに扉を開けることができない。

躊躇していると、扉が急に開いた。

「どうかしたか？　楓香」

「キャッ!!」

慌てて顔を手で覆って視線をそらしたのだが、頭上からクツクツと意地の悪い笑い声が聞こえてきた。

「俺の身体、見たことあるのに？　かわいいな、楓香は」

「もう二年も前ですっ！」

悔しくて顔を覆ったまま反論する。だが、残念ながら氷雨の方が一枚上手だ。

「忘れたのか？」

「っ」

「もう一度、思い出そうか？」

「っ‼」

「今夜、雨音が寝たら……する？」

淫らでセクシーな声。そんなふうに誘惑されたら、どんな顔をして、どんな返事をすればいいのかわからなくなる。

身体が熱い。恥ずかしくて首を横に振っていると、氷雨は「残念」と言いながらクスクスと笑っている。

どうやら彼は雨音の身体を拭いてくれているようで、音だけは聞こえてきた。だが、直視できない。

手を外してしまったら、彼の全裸を目の当たりにすることになる。

耳を真っ赤にさせて未だに硬直したままの楓香の頭に、氷雨が触れてきた。

「目、開けて大丈夫。服を着たから」

「本当ですか？」

「ははは、疑い深いな。なぁ、雨音。ああ、コラ。まだ、拭いているところなんだから。逃げるな」

ヨチヨチと歩き出す足音が聞こえる。慌てて顔から手を外すと、雨音が裸で歩いていこうとしていた。

脱衣所の扉は閉められているので、それ以上外には出られない。そんな雨音を彼は、「よいしょ」と抱き上げ、バスマットの上に下ろす。

氷雨はすでにTシャツとハーフパンツを着ており、ホッと胸を撫で下ろした。

安堵する楓香に、氷雨はバスタオルで雨音の髪を拭きながら声を上げて笑う。

「ほら、雨音。服を着るぞ」

手際よく雨音の世話をする彼に、驚きが隠せない。

「氷雨さん……。手慣れていますね」

「年の離れた弟がいたから。昔は色々と世話していたな」

「そういえば、弟さんがいらっしゃいましたね」

プロフィール上でしか知り得ないが、氷雨には一つ年上の姉と年の離れた弟がいることは知っていた。だが、彼も育児に参加していたとは。

感心している楓香に、氷雨は不思議そうな顔をして聞いてくる。

「で？　何かあったのか？」

「あ！　そうでした。今、亜嵐くんが来ていて」

「ああ。早いな」

「え？」

「さすがは、シスコン。妹分のことになると、半端ないな」

氷雨は雨音を抱き上げると、洗面台に置いてあったメガネを掛けながら楓香にほほ笑んだ。

「俺は雨音に水分を取らせるから、楓香は砂原さんを家に上げておいて」

「い、いいんですか……？　亜嵐くんですよ？」

彼のシスコンぶりを知っているなら話が早い。とにかく、この展開はヤバイだろう。亜嵐には、楓香一人で今回の件について話そうと思っていた。そうでなければ、氷雨の身の危険を感じるからだ。

今、亜嵐を氷雨に会わせるのはマズイだろう。大いに慌てる楓香に、氷雨は余裕そうに口角を上げた。

「大丈夫。彼を呼んだのは、俺だから」

「は……？」

「楓香が俺と結婚する気になってくれたんだ。それなら、さっさと外堀を埋めるべきだろう？」

「で、でも……！　本当にマズイと思うんです。私、雨音の父親が氷雨さんだって伝えていないし。いや、でも……もしかしたら、すでに知っている可能性もあるにはあるんですけど」

氷雨は雨音を抱き上げたまま、リビングへと向かう。

オロオロしている楓香を振り返り、「心配いらないから」と言って何の躊躇もなく、インターホンに出てしまったのだ。

「こんばんは。明日の朝に話し合いをしましょうとお伝えしていたはずですが？」

『いいから、さっさと家に上げろ』

「わかりました」

そう言うと、氷雨は簡単にマンションのエントランスのロックを解除してしまった。

ものの数分でこの部屋に亜嵐がやって来るだろう。

これからここで繰り広げられるであろう阿鼻叫喚の様子を思い描き、絶望感を抱く。

「あ、来たみたいだな」

雨音を抱いたまま、戸惑うことなく氷雨は玄関へと向かっていく。

止めようとあとをついていくのだが、彼は何の躊躇いもなく玄関の鍵を開けてしまったのだ。

扉を開けば、そこにはブスッとした表情で全身から〝面白くない〟と感情がだだ漏れの亜嵐が立っていた。

そして、開口一番。亜嵐が言った言葉に、驚きのあまり口をぽっかりと開けてしまう。

「やっぱり実の父親には、抱いてもらうんだな。雨音は」

「俺以外の男に触れさせたくないので。雨音の男嫌いは、いい傾向ですね」

「ほざけ！　とにかく上がらせてもらうぞ？」

この二人のやり取りには、色々と突っ込みどころ満載だ。

亜嵐が、雨音の父親が氷雨だとやっぱり気がついていたこと。何より、二人の関係がどこかフランクに感じるのは気のせいだろうか。

「亜嵐くん。氷雨さんと面識あるの？　それも、仲がよさそうだし」

仲がよさそうという言葉に、亜嵐はイヤそうに反応する。

「仲なんていいもんか。俺のかわいい妹分を孕ませた張本人だぞ？　簡単に許せるものか！　まぁ、雨音はかわいいから複雑なんだがな」

「じゃあ、どうして……」

いつの間にこんなふうに話す間柄になっていたというのか。氷雨の姉を通じて会ったことがあるのかもしれないが……。

首を傾げていると、亜嵐は靴を脱いで上がり込みながらシレッと聞き捨てならないことを言う。

「この男。楓香が日本を発ってすぐから、ずっとずっと俺の前にちょくちょく現れていたからな」

「え？」

目を瞬かせる楓香に、亜嵐は自棄気味に口を開く。

「楓香に会わせろ、の一点張りだ。それを言うためだけに、コイツは暇を見つけては俺に会いに来ていたんだよ。それも仕事じゃないときにもな。俺を説得するためだけにやって来て……うんざりだ」

ビジネス関連で氷雨がアメリカに何度も行っていたことは、過去のスケジュールを見たときに把握済みだ。だが、その機会に亜嵐に会いに行っていたのか。それも仕事がらみではないときもなんて……。

「えぇ……？」

初耳だ。慌てて氷雨に視線を向けると、どこか照れた様子でそっぽを向いている。

次から次に明らかになる真実に、楓香の頭はすでにキャパオーバーだ。

「ほら、楓香。リビングで話そう」

「氷雨さん」

「皆で、種明かしをしないか？」

氷雨に促されてリビングへ行き、ようやく少しだけ頭が回ってくる。お茶でも、とキッチンに行こうとする楓香を亜嵐が止めてきた。

「いい。さっさと話そう。座れよ、楓香」

「うん」

亜嵐が自分の隣をポンポンと叩いて促してきたので、素直にその場に座ろうとした。だが、そんな楓香の腕を掴んで阻止してきたのは氷雨だ。

「こっちにおいで、楓香」

「あ……はい」

有無を言わさぬ表情の氷雨を見て、亜嵐は盛大にため息をついた。

「全く。箍《たが》が外れたみたいだな。独占欲の塊め」

「仕方がないでしょう？　俺が何度貴方に頭を下げて、楓香に会わせてくれと言ったのか。覚えていますか？」

「……」

「ようやく彼女に会えて、誤解が解けた。そして、結婚してくれると言ってくれたんだ。彼女を誰にも取られたくないと考えるのは自然の摂理かと」

膝の上に乗せていた雨音の頭を撫でながら、氷雨は当然だと訴えた。

そんな彼を見て肩を竦めた亜嵐だったが、真剣な表情になり楓香に視線を向けてくる。

「まぁ……。俺ははじめから雨音の父親が皇氷雨だと把握していた。それだけは確かだな」

「え？　はじめから？」

何となく亜嵐が雨音の父親について知っているのではないか。そんな疑惑を抱いてはいた。だが、まさかはじめからだったとは。

驚く楓香を見て、亜嵐は盛大にため息をついた。

「考えてみろよ。Yエス辞めた時点で、皇氷雨が原因だってバレバレだろう？　もし、雨音の父親が別の男だったとしたら、会社を辞める必要なんてどこにもなかった。産休育休制度もしっかりしているYエスだ。それなのに辞めるという決断に至ったのは、会社に父親がいる場合ぐらいだろう」

「……そうだよね」

「どんな事情があれ、俺のかわいい妹分を苦しませたんだ。Yエスを潰してやろうかと考えたが……。楓香が大変な目に遭ってもお腹の子を産みたいときっぱりと言い切るほど、好きになった男だ。俺が手を下したなんて楓香と雨音の耳に入ったら恨まれるかなぁと思って止めておいたんだぜ？　なかなか寛大な男だろう？」

あははは、と豪快に笑う亜嵐だが、楓香と氷雨にしたら笑えない。

顔を引き攣らせている二人を見て、亜嵐はコホンと咳払いをして誤魔化した。

「えっと、あとは……。皇に雨音の存在を伝えたのは、今年の三月だ。それまでは、雨音の存在は知らせなかったんだ」

「どうしてなの？　亜嵐くん」

「どうして？　そんなの決まっているだろう？　ある種の復讐だからな」

「復讐？」

「楓香が皇に何も言わずに身を引いたのはわかっていたが、そこまで楓香を追い詰めた皇がどうしても許せなかったからだな。楓香が怒らないから、兄である俺がしておいた」

ニカッと気持ちがいい笑みを浮かべる亜嵐を見て、ため息が出る。

亜嵐は楓香が赤ちゃんの頃から、ずっとずっと守ってくれるよき兄だ。

天涯孤独になった楓香を、陰日向になり守ってくれていた亜嵐。彼の優しさが胸に染みる。

だが、それでも氷雨に対して辛く当たりすぎじゃないだろうか。

それを指摘すると、亜嵐は真剣な表情で言う。

「もし、おじさん……楓香の親父さんが生きていたとしても同じことをしたと思うぞ?」

「亜嵐くん」

「俺は、親父さんの代わりをしただけ。でもまぁ……親父さんは優しかったから、ここまではしなかったかもな」

悪かったな、と亜嵐は氷雨に謝った。

しんみりとした雰囲気の中、氷雨は神妙な面持ちで亜嵐に問いかける。

「楓香が俺から逃げなくてはと思い込んだ原因は、全て俺のせいだ。だから、砂原さんが復讐をと思うのは仕方がないし、もし自分が砂原さんの立場なら同じことをしていたかもしれない。だけど……解せないことがある」

膝で大人しくしていた雨音だったが、今度は楓香に手を伸ばしてきた。それを見て、氷雨は雨音の頭をひと撫でしてから、楓香に手渡す。そして、亜嵐をまっすぐに見つめた。

「楓香が雨音を産んだこと。この件については箝口令が敷かれているだろう？　事実婚のパートナーかもしれない。そんな噂は立っていたが、雨音については何も情報が入ってこなかった」

「……」

腕組みをして目を瞑《つむ》り、氷雨の話に耳を傾けている亜嵐。そんな彼に、氷雨はこれまでの疑問を投げかける。

「あのまま、俺と楓香を会わせない選択もできたはずです」

「ああ、その通りだな」

「でも、貴方はそれをしなかった。それどころか、わざわざ俺に雨音の存在を伝えてきた。だが、意図がわからない」

亜嵐は目を見開き、鼻から息を吐き出す。

「元々楓香は、一人で出産を迎えようとしていた。会社を辞めて、体調も芳しくない。そんな状況でも誰にも頼らずに何とかしようとしていたんだ。そんなときに、ちょうど俺が日本にやって来て……その計画をぶっ潰したわけだけどな。二年前の七月。楓香がN．Y．へ向かってすぐの頃。必死の形相で楓香に会わせてほしいと言ってきた皇を見て、二人は何か誤解ですれ違っているだけだと予測はついていた」

「それなら！」

声を荒らげる氷雨に、亜嵐はゆっくりと首を横に振った。

「あのとき、楓香と皇を引き合わせていたら……。楓香は、砂原家からも逃げていただろうな。今だからこそ、精神的にも体調的にも整っているから皇の言葉にも耳を傾けることができた。だが、あの頃の楓香はギリギリの状態だった。そんなときに、お前と引き合わせられるわけがないだろう。命の危険もあった。それほど楓香は追い詰められていたからな」

亜嵐の話を聞いて、そうかもしれないと楓香は小さく頷いた。

妊娠が発覚した頃の楓香は、とにかく周りが見えておらず、ただ不安と心配で押しつぶされそうになっていたのは確かだ。

あのとき、氷雨と会ったとしても、今回のようにすんなりと彼の言葉を信じられなかっただろう。心が頑丈な殻で覆われ外部からの刺激を疎んでいた。

心を傷つけられないよう、必死だった記憶がある。もう一度頷いた楓香を見て、亜嵐は柔らかくほほ笑んだ。

「だけど、楓香は皇を忘れられないのはわかっていた。だから、時期を待った。出産を終え、雨音が一歳になる頃をな」

「それで、三月にようやく雨音の存在を教えてくれたんですね」

「そうだ。そうすれば、これまで以上に楓香に接触しようと皇は必死になるだろう？　そして、現に必死になった。強引なぐらいに、な」

深く頷く氷雨を見たあと、亜嵐は楓香に視線を投げて眉尻を下げる。

「いずれ皇氷雨は、どんな手を使ってでも楓香を奪い取りに来る。それは、最初からわかっていたことだ」

「だから、あの契約解除の条件なのね」

「その通り」

腹の子の父親がお前を探し出して、愛しているから楓香を取り戻したい。そんなふうに言って楓香を求めてきた時点で契約は解除。

亜嵐から提案されたときは、「ないない」と取り合いもしなかったが、実際亜嵐が予想した通りで氷雨は楓香を求めてくれた。

「ありがとう、亜嵐くん」

「バーカ。これぐらいたいしたことない。それに、契約のおかげで俺も助かったしな」

「少ししか貢献していないよ？」

「それでも。本当に縁談が少なくなったんだぜ？　楓香さま、さま、だぞ!?」

いつものように戯けた態度を取る亜嵐を見て、ホッとしたのと同時にニヤニヤしてしまう。

「今度は亜嵐くんの番だね」

「は？」

「人の幸せばかり考えているんじゃなくて、そろそろ自分のことも考えてよ。氷雨さんのお姉さんとうまくいくように応援しているよ」

一瞬顔を歪めて押し黙った亜嵐だったが、肩を竦めて苦笑いをする。

「何だ、コイツに聞いたのか。余計なお世話だぞ。まぁ、かわいい妹の気持ちだ。ありがたくいただいておくかな」

亜嵐は立ち上がり、楓香の頭にポンポンと触れる。その流れで雨音にも触れようとしたのだが、手を引っ込めた。

「また泣かれたら堪らないからなぁ」

残念そうな亜嵐だが、次の瞬間、顔の表情が緩む。泣きそうな表情だ。

驚いた楓香だったが、雨音を見て納得した。初めて自分から亜嵐に向かって手を伸ばしていたからだ。

亜嵐が雨音を抱き上げると、キャキャッと喜んだ声を上げる。それを見て、彼は本当に嬉しそうだ。

「雨音。いいか、よく聞け。お前のパパが気に入らなかったらいつでも言えよ？　亜嵐おじちゃんが、すっ飛んでくるからな。あとな、ママが苛められているのを目撃したら連絡を寄こせ。砂原のじいちゃんと一緒に制裁を加えに――」

「砂原さん、勘弁してください」

肩を落としてため息をついている氷雨に、雨音が手を伸ばしてきた。それを見て、亜嵐は残念そうな表情になりつつも、雨音を氷雨に渡す。

雨音を愛おしそうに抱き締める氷雨を見て、亜嵐はどこかホッとした表情を浮かべた。

「こうしていると、きちんと親子だな」

「亜嵐くん」

感慨深そうに三人を見つめる亜嵐に、氷雨は背筋を伸ばして真剣な眼差しで宣言をした。

「必ず、楓香と雨音を守り抜くと誓います。三人で、幸せになります」

「……」

「ここまで楓香を……、そして雨音を守ってくださりありがとうございました」

緊張が伝わるほど真摯な言葉と態度で礼を言う氷雨を見て、楓香は胸がいっぱいになる。

一方の亜嵐は、照れ始めた。

「やめろよ。何だか娘を嫁に出す気分になるな」

「それで間違いないかと。楓香のご両親の代わりに、貴方が楓香を守ってきたんですから」

「皇」

「これからは、俺が必ず……」

覚悟を滲ませる氷雨を頼もしそうに見つめると、亜嵐は背を向けてヒラヒラと手を振りながら部屋を出て行った。

エピローグ

これで何もかもが終わり、そして始まったのだろう。

結婚がゴールではない。きっとこれから衝突したり、喧嘩したりするのだろう。

それでも、そのたびに話し合って、ぶつかり合って、そして寄り添っていきたい。

その気持ちは、二人の共通の思いのはずだ。

自然に手を伸ばし合い、指を絡ませて手を繋ぐ。伝わってくる体温に幸せを感じる。

「もう一度、言わせてくれ」

「氷雨さん？」

息を吸い込み、情熱的な目で楓香を見つめてきた。

「一生、一緒にいよう」

「氷雨さ……ん」

「一生、傍にいてほしい」

「……はい」

引き寄せられるように唇を近づけた二人だったが、その間を遮るように小さな手が二人の頬に触れてきた。

目を丸くさせてその手の持ち主を見つめる。そこには、屈託なく笑う二人の幸せの象徴である雨音がいた。

「ああ、そうだな。雨音も一緒に幸せになろうな」

何のことだか理解できないだろうけど、雨音はニッコリとほほ笑んだ。その笑顔がかわいくて、一生大事にしていきたいと思った。もちろん、それは氷雨も同じ思いだろう。

彼の目尻がこれ以上ないほどに下がっている。

幸せを噛み締めてクスクスと笑っている楓香の耳元で、氷雨が蠱惑的な声で囁いてきた。

「キスは、雨音が寝てからな」

「っ‼」

音が出そうなほど一気に真っ赤になる楓香の顔を見て、氷雨は嬉しそうに顔を綻ばせたあと——。

「え？」

隙あり、と呟いて、楓香の唇にキスをしてきた。目を瞬かせている楓香に、「宣戦布告」と言って氷雨は色気たっぷりの魅惑的な笑みを浮かべている。

そのあと、何度も何度も彼は唇を要求してきた。

啄むように軽いキスをし合い、だんだんと深いキスになっていく。

キスに夢中になっていたが、雨音の声を聞いてようやく二人は我に返った。

恥ずかしくなって慌ててお互いに離れる。

真っ赤になっているはずの頬を両手で隠していると、旋毛にキスが落ちてきた。

「俺と、どんなときでも離れたくない。そう思わせるようにするから」

「っ！」

「必ず、楓香を落とす」

ドキッと胸が高鳴り、直視できずに顔を伏せた。

——そんなの、とっくの昔に……落ちていますけど。

心の声がうっかり出てしまい、雨音が再び眠ったあとに結局濃厚で情熱的なキスを受ける羽目になったのだった。

アナザーストーリー　あちらの恋の行方は如何に？

今、楓香は大変困った状況下に置かれていた。

背中にイヤな汗が伝い、何度も息を呑み込む。

目の前のソファーに座る彼女は物言いたそうな視線を楓香に向け続けており、泣きたくなってくる。

重苦しい空気を払拭する術は見当たらず、ただただ身体を縮こまらせてるしかできない。

心の準備が伴わないうちに、まさかの人物との対面に冷や汗をかきっぱなしだ。

――早く……！　早く戻ってきて、氷雨さん！

楓香は、会議が押して未だに戻ってこない上司に心の中でＳＯＳを叫んだ。

月曜日。普段通りの一日が終わろうとしていた。そろそろ終業時間だ。

いつもの日常。だけど、少しだけ先週の金曜日までとは違う。

氷雨との未来を一緒に歩く覚悟を決めたからだ。

この土日、楓香と雨音は氷雨のマンションで過ごした。親子三人、初めて一緒に布団を並べて眠ったのだ。

とても感慨深かった。こんな未来がやって来るなんて、氷雨の元から逃げた二年前には考えられなかったことだ。

亜嵐との話し合いも済み、契約は解除となった。これで、晴れて楓香は氷雨が広げた腕の中に飛び込んでいける。それがとても嬉しい。

亜嵐は金曜日の夜に氷雨のマンションにやってきて話し合いをしたのだが、次の日の土曜日にも実は顔を出していた。契約破棄の書類にサインが欲しいという。

弁護士の元で締結した契約だ。最後まできちんとしなければならないと思ってサインはしたのだが……。

亜嵐があまりに急にサインの必要性を捲し立ててきたのでビックリしたのだが、あれは一体どういうことだったのだろうか。

謎は残っているが、その件についてはまた今度聞けばいいだろう。

土日は氷雨のマンションで過ごした楓香と雨音だったが、今日は砂原家所有のマンションに戻るつもりだ。そのことに氷雨が難色を示していたが、あちらに生活の基盤があるのだから仕方がない。

でも、近々氷雨のマンションに引っ越しをすることを決めている。そうしたら、親子三人での生活が始まるのだ。

――何か、夢を見ているみたいだわ……。

パソコンをログアウトしながら、頰に手を置いて息を吐き出す。

意識がフワフワとどこかに漂っているような、頼りない感じがするが、それでもこれは真実だ。それを嚙み締めて、頰を緩めた。

時計を確認して首を傾げる。いつもなら役員会議が終わり、そろそろCEO室に氷雨が戻ってくる時間だ。

だが、まだ戻ってきていない。会議が長引いているのだろう。

首を傾げていると、内線が鳴り響いた。

「はい、こちらCEO室。涼野でございます」

頭をビジネスモードに切り替えて通話に出ると、相手は受付の女性だった。

何でも、氷雨の姉である咲子がやって来ているという。それを聞いて、背筋がピンと伸び、言いようもない緊張がのし掛かってきた。

楓香は一度も咲子に会ったことはないのだが、数年前に一度この会社にやって来たことがあるとかで、受付の女性は彼女の姿を覚えていたようだ。

なりすましという手を使って氷雨に近づく女性がいるかもしれないと脳裏を一瞬過ったが、――実は、あの手この手で氷雨とお近づきになりたいと考える女性はたくさんいるのだ――受付の女性が確信を持って言うのだから、その女性は氷雨の実姉ということで間違いないのだろう。

ここにやって来たのは、氷雨に会うためだろうか。そんなふうに思っていたのだが、どうやら楓香に会いに来たと言っているらしい。

――何それ。どうしよう……。

楓香を名指しで指名してきた氷雨の姉、咲子。どんな用があるというのか。

考えられることは多々ある。

皇の家に黙って子どもを産んだことへのお叱りか。それとも、氷雨と一緒になろうとしていることへの牽制か。

数え上げたらきりがないが、咲子が文句を言いに来たのは間違いないだろう。いや、それしか思いつかない。

めまぐるしく脳裏に不安と恐怖が渦巻いているが、逃げるわけにはいかないだろう。

楓香は氷雨の手を取ったことで、覚悟を決めていた。

どんな困難にも立ち向かう。氷雨の手を二度と離さない、と。

逃げることはもうしたくない。それなら、誠心誠意心を込めて自分の気持ちを伝えなくてはいけないだろう。

楓香は意を決して通話を切り、保育所に延長をお願いしたあとに受付へと向かって咲子を迎え入れた。

「どうぞ、こちらです」

色々と考えたが、咲子をCEO室へと招き入れた。

楓香に会いに来たと言ってはいたが、弟である氷雨にも用事があるのではないかと思ったからだ。

咲子にソファーを勧め、楓香は秘書スペースにあるミニキッチンでコーヒーの準備をする。

一言も話さず、どこか異様な雰囲気を纏った咲子を思い出し、知らず知らずのうちにため息が零れてしまう。

とてもキレイな人だと思った。氷雨と同様で、どこかクールで明敏な人という印象を抱く。救命救急医として、命の現場で敏腕を振るっていることだろう。

「失礼いたします」

コーヒーを差し出し、楓香も彼女の目の前に座る。だが、未だに咲子は一言も言葉を発していない。

何か思い詰めている様子の彼女を見て、不安や恐怖よりも心配の方が勝ってきた。

どこか体調でも悪いのだろうか。楓香は彼女に近づき、しゃがみ込んで顔を覗き込んだ。

「大丈夫ですか？」

「……え？」

「お辛いですか……？　コーヒーじゃなくて、お茶かお水をお持ちいたしましょうか？」

「……」

「咲子さん？」

「……っ」

「え？」

咲子は何かを呟いた。だが、声が小さすぎて聞き取れない。聞き返すと、何かを躊躇するように唇を結んだあと、その唇はゆっくりと震えながら弧を描いた。

「涼野……楓香、さんですよね？」

「は、はい。あの、私――」

尻込みしていても始まらない。ここは一つ、覚悟を決めて挨拶をした方がいい。

皇家には、これから挨拶に行くつもりだが、すでに楓香の存在は知られているはずだ。きっと、咲子も知っているだろう。

氷雨と結婚するということは、家族全員に認められることが第一ステップだ。

泰造の話では、氷雨の両親は結婚を許してくれていると言っていた。だが、咲子はわからない。

大事な弟にはふさわしくない。そんなふうに思っているからこそ、こうして楓香に会いに来たのだろう。

キュッと唇を噛み締めて、決意を持って顔を上げる。咲子の厳しい言葉を覚悟していたのだが……。

「え……？　どうされましたか？」

予想もしていなかった状況になり、慌ててしまう。

咲子が涙をポロポロと零し始めたのだ。声を我慢し、肩を震わせている。

氷雨を呼んだ方がいい。そう判断して立ち上がろうとすると、楓香の腕に咲子が触れてきた。

「待って……！　涼野さん」

「さ、咲子さん？」

涙で潤み、目を真っ赤にさせた彼女は、必死に笑おうとしていた。

「貴女が、素敵な人でよかった」

「え……？」

「キレイで、だけどかわいらしい。氷雨の秘書をしているぐらいだから、聡明なのでしょう？」

「咲子さん？」

戸惑い続けている楓香を見て、彼女は目尻を下げる。

泣き笑いだが、とてもキレイな表情だった。同じ女性だが、ドキッとするほど魅惑的で目が離せなくなる。

もしかして、氷雨の嫁として合格点をもらったということだろうか。

胸の奥底から嬉しさが込み上げてきて、涙ぐんでしまう。

だが、次の瞬間。咲子の言葉を聞いて、楓香の表情がカチンと固まった。

「私が言うのもなんだけど……。亜嵐と……、いえ、砂原さんとお幸せに」

「……」

「本当は……貴女に亜嵐のこと渡したくないって言おうと思って来たの。だけど、涼野さんがとても素敵な女性だとわかって戦意喪失しちゃった」

「……」

「悪あがきしてみっともないわよね。ごめんなさい。いきなり押しかけて泣き出したりして。そもそも私がこんなこと言える立場じゃないのに……」

咲子は目尻に溜まっていた涙を指で拭い、見惚れてしまうほどキレイな笑みを浮かべた。

そして、勢いよく立ち上がると、楓香に向かって深々と頭を下げてくる。

「末永く、お幸せに」

それだけ言うと、咲子はソファーに置いていたバッグを手にして部屋を出ようとする。

そんな彼女を、慌てて止めた。

「ちょっと、待ってください！　咲子さん」

扉を開けて出て行こうとしている咲子を引き留めようとしたとき、ちょうど氷雨が部屋に戻ってきた。

「は……？　姉さん。どうしてここに？　仕事ばかりしていて、なかなか家族にも顔を見せない人が」

目を丸くして驚く氷雨を見て、咲子はばつが悪そうに俯く。

「今日は、医局長に家に帰れって追い出されたの。帰って寝るわ」

押しやって外に出ようとする咲子の腕を掴んだ氷雨は、楓香を見て困惑の表情を浮かべる。

「これ、どういうこと？」

「そ、それが……」

どうやら咲子は色々と勘違いしている様子だと伝えようとしたのだが、氷雨は「ちょうどいい」と咲子に楓香を紹介し始めた。

「姉さん、こちら涼野楓香さん。俺の大切な人だ」

「え……？」

「近々籍を入れて、子どもと三人で暮らしていく予定で──」

楓香の紹介をしている氷雨を、咲子は困惑した顔をして言葉をストップさせる。

「何を言っているの？　彼女は、亜嵐と結婚をするんでしょ？　噂が立っているって聞いたわよ？　亜嵐がＹエスＣＥＯの秘書と事実婚をしてるらしいって」

咲子の発言を聞いて、ようやく氷雨も状況が掴めたようだ。盛大にため息を吐き出したあと、携帯を取り出して電話をかけ始めた。

「砂原さん。貴方の人生がかかっています。早急にYエスにお越しください」

＊　＊　＊

「ってかさ。噂が咲子の耳に届くのが遅すぎねぇか？」

「第一声がそれって……。しょうがないでしょ？　ずっと病棟に泊まり込みばかりしていたんだもの。疲れ果ててベッドと病院の行き来しかしていなかったし」

ガックリと項垂れて脱力する咲子を見て、楓香は同情する。

それは、氷雨も同じだったようだ。呆れた様子で二人を見つめている。

亜嵐がYエスに来るまでに、咲子にはこれまでのことをすべて説明済みだ。

亜嵐との契約について。そして、この二年間の出来事すべてを話した。

「咲子さん、スミマセン。亜嵐くんは私を助けるためにしてくれたんです」

と謝罪をすると、彼女は首を大きく横に振ってそれを否定した。

「いいえ。貴女は何も悪くないわ。それより、氷雨との結婚を考えてくれてありがとう。なかなか難しい男ではあるけれど、私にとって大事な弟なの。よろしくね」

そう言って楓香を受け入れてくれ、とっても嬉しかった。

お義姉さんと呼ぶことを許してくれ、雨音にも早く会ってみたいと言ってくれる。優しい女性だ。

和やかな空気になっていたところに、亜嵐がCEO室にやって来て一気に空気が重苦しいものに変わったのだ。

また、第一声がいただけない。咲子が呆れ返るのも仕方がないだろう。

亜嵐はガシガシと頭を掻いて髪を乱しながら、咲子に問いかけた。

「で？　俺が事実婚をしてるらしいという噂を聞いて、どうして咲子が楓香に会いに来たんだ？　お前は俺の求婚を何度も突っぱねた。関係なくねぇか？」

「亜嵐くん！」

あんまりだ。楓香は声を荒らげて注意をしようとしたが、氷雨が首を横に振って制止してきた。彼らの問題に首を突っ込んではいけないと言いたいのだろう。

楓香が渋々口を閉ざすと、咲子は唇を噛み締めたあとに口を開く。

「そうよね。関係ないわ」

「ああ」

不穏な空気が部屋に充満する。想い合っている二人が拗《こじ》れる様は、とても切ない。

咲子はキュッとスカートを握り締める。その手は震えていた。

「そうよ、関係ない。関係ないけど……、気がついたら楓香さんに会いに来ていた」

「咲子」

「あれだけ仕事がしたいと言って、貴方からのプロポーズを断っていたのに。亜嵐が私じゃない他の誰かの手を取るのを見ているだけなんてできなかったの」

「……」

「好きなの。亜嵐と一生一緒にいたいの」

「……」

「ねぇ、何とか言ってよぉ……っ。少し前まで、私にずっとプロポーズしていたのに。もう心変わりしてしまったの？」

涙声で訴えた咲子の懇願を聞き、亜嵐は立ち上がると彼女の腕を掴んだ。そして、強引に引き上げて立たせる。

涙で濡れた彼女の顔を覗き込み、亜嵐はニッと口角を上げた。

「俺は、仕事に勝ったと思ってもいいのか？」

「え？」

「俺が欲しいということは、そういうことだと解釈するが？」

「……、少しだけ亜嵐の方が大事」

「はぁぁぁぁ……。まぁ、咲子は仕事を捨てられないとは思っていたけどな」

「亜嵐」

「でも、少しだけ仕事より勝てたことは嬉しい」

咲子の身体を引き寄せ、亜嵐はギュッと彼女を抱き締めた。

「まずは、一歩を踏み出そうか？」

咲子は頷いて、亜嵐に縋りつく。これにて一件落着といったところか。

二人が未来に向かって歩き出すことができてよかった。

楓香と氷雨に謝罪の言葉と感謝の気持ちを言ったあと、二人は部屋を出て行く。

咲子の肩を抱き寄せ、部屋を出ようとする亜嵐を見て安堵していると、彼はこちらに顔を向けてニヤッと意味深に笑う。

その表情があまりにも悪い男の顔をしていて、何も言えずに彼らを見送ったのだが……。

扉が閉まった瞬間、すぐさま氷雨を見る。すると、彼も何とも言えない表情をしていた。

「やっぱり砂原さんは策士だな……。姉さん、まんまとやられたって感じだな」

「え？」

「全部、彼の作戦だったってことじゃないか？　楓香のことを頑なに事実婚のパートナーだと就任パーティーで言わなかったのは、砂原さんの隣に立ち一生を共にする女性の座は皇咲子だっていずれ真実として世間に広めるためだったんだろうな。事実婚の相手がいるという噂もわざと流したな、あれは。噂を聞いた姉さんが危機感を抱くことまで計算済みってところだろう。ただ、計算外だったのは、姉さんの耳に噂が入るのが遅すぎたってことだな」

何もかもが咲子を我が手にするためだったということだ。

これで契約破棄を早急に進めた理由がわかった。いつでも咲子と結婚できるようにしておくためだったのだろう。

「……亜嵐くんって、すごく策士だったんですね」

「ついでに腹黒だな。でも、まぁ……これでよかったんじゃないか？　これぐらいしないと姉さんは砂原さんとの結婚を考えなかっただろうし」

「素直じゃない二人ですね」

「それは俺らもお互いさまじゃないか？」

「あ、そうですね。人様のことを言っていられませんでした」

顔を見合わせて笑っていると、氷雨は楓香の手を握り締めて促してくる。

「さぁ、俺たちのかわいい娘を迎えに行こう」

「はい。保育所には延長をお願いしちゃったから、雨音には悪いことしちゃいました」

「じゃあ、そのお詫びに今日は俺と一緒にお風呂で水鉄砲をして遊んでやろう」

「……私たち、今日は砂原家のマンションに戻りますよ？」

チラリと彼を見ると、氷雨も亜嵐に負けず劣らずの意味深な笑みを浮かべている。

「帰さないって言ったら、どうする？」

そんな蠱惑的な目で見つめないでほしい。すぐにOKを出してしまいたくなるから。

繋いでいた手をもう一度握り返したあと、氷雨を上目遣いで見つめた。

「……雨音だけじゃなくて、私もかわいがってくれますか？」

「っ」

息を呑んだ彼だったが、すぐにセクシーな声で囁いてくる。

「もちろん、寝かさないほどかわいがるつもりだ」

「……今日はまだ、月曜日ですよ？」

「じゃあ、短期集中でかわいがることにする」

彼は頬を赤らめたあと、繋いでいた楓香の手をキュッと握り締めてきた。

あとがき

初めましての方も、お久しぶりの方も。そして、いつも応援してくださっている方も。ここまでお読みいただきましてありがとうございます。橘柚葉です。

初めてシークレットベビーを書かせていただきました。いかがだったでしょうか？

シークレットベビーをいつかは書いてみたいなぁとは思っておりましたが、なかなかネタが浮かばず……。

担当さんと打ち合わせをしていく中で、「お？ これなら私らしいシークレットベビーが書けるんじゃないかな？」と思いついたのが、今作でした。

今まで書いたことが全くなかったので、試行錯誤を繰り返し、執筆はなかなか時間がかかってしまいました。ですが、納得のいくまで、とことん原稿と向き合うことができました。

それが読者の皆様に伝わっていると嬉しいなぁと思います。

シークレットベビーですから、もちろん赤ちゃんが登場する訳なんですが。赤ちゃんを作中で書くのは、やっぱり楽しかったですね。

もう少し雨音のシーンを書きたかったぐらい。でも、それだと氷雨と楓香の恋愛が進まないので自粛しました（笑）。

主役二人がなかなかの拗れ具合でしたが、脇役の亜嵐と咲子もなかなかで。番外編として二人のその後も書けてよかったなぁと作者としては思っています。

最後にお礼を言わせてください。

魅力溢れる表紙イラストを描いてくださった夜咲こん先生（雨音の寝顔がめちゃくちゃキュートでした）。

著者校に愛あるコメントを入れてくださる担当様。

今作を刊行するにあたり、ご尽力くださったすべての皆様。

この場をお借り致しましてお礼申し上げます。ありがとうございました。

なにより、今作を手に取ってくださった読者の皆様に最大級の愛と感謝を！

また何かの形でお会いできることを楽しみにしております。

橘柚葉

m a r m a l a d e b u n k o

蜜夜を共にしたのは、天敵エリート同期!?

ISBN 978-4-596-01360-6

一夜限りのはずが、クールな帝王の熱烈求愛が始まりました

橘 柚葉

大手化粧品会社に勤める結愛は、初恋を拗らせ恋愛に後ろ向き。だが、マーケティング部の帝王と呼ばれるエリートの亮磨と、ひょんなことから熱く甘い一夜を過ごしてしまう！平静を装う結愛に、亮磨は蕩けるような声と瞳で「俺だけを見ていればいい」と迫り、甘やかしてくる。そんな亮磨に惹かれていく結愛は、彼のため初恋にけじめをつけると決めて!?

甘くてほろ苦い。キュンとする恋♥　マーマレード文庫　定価 本体620円 ＋税

m a r m a l a d e b u n k o

交際0日から始まる溺甘新婚

ISBN 978-4-596-31744-5

極上ドクターはお見合い新妻を甘やかしたくてたまらない

篠原愛紀

大企業の経営者一族なのに、庶民的で恋愛経験ゼロの咲良は、祖母の主治医で大病院の御曹司・梗介とお見合いすることに。初恋の彼と両思いだとわかり、晴れて結婚＆新婚生活がスタート。するとクールで無表情な彼が「かわいいな。食べてしまおうか」と甘い言葉を囁く旦那様に豹変！想像を超える溺愛尽くしの日々に、咲良の気持ちも昂って…!?

甘くてほろ苦い。キュンとする恋♥ マーマレード文庫 定価 本体600円 ＋税

ファンレターの宛先

マーマレード文庫をお買い上げいただきありがとうございます。
この作品を読んでのご意見・ご感想をお聞かせください。

宛先 〒100-0004　東京都千代田区大手町 1-5-1
大手町ファーストスクエア イーストタワー 19 階
株式会社ハーパーコリンズ・ジャパン　マーマレード文庫編集部
橘 柚葉先生

マーマレード文庫特製壁紙プレゼント!

読者アンケートにお答えいただいた方全員に、表紙イラストの
特製 PC 用・スマートフォン用壁紙をプレゼントします。

詳細はマーマレード文庫サイトをご覧ください!!

公式サイト

@marmaladebunko

twitter も チェック!

原・稿・大・募・集

マーマレード文庫では
大人の女性のための恋愛小説を募集しております。

優秀な作品は当社より文庫として刊行いたします。
また、将来性のある方には編集者が担当につき、個別に指導いたします。

募集作品
男女の恋愛が描かれたオリジナルロマンス小説(二次創作は不可)。
商業未発表であれば、同人誌・Web上で発表済みの作品でも応募可能です。

応募資格
年齢性別プロアマ問いません。

応募要項
- パソコンもしくはワープロ機器を使用した原稿に限ります。
- 原稿はA4判の用紙を横にして、縦書きで40字×32行で130枚〜150枚。
- 用紙の1枚目に以下の項目を記入してください。
①作品名(ふりがな)/②作家名(ふりがな)/③本名(ふりがな)
④年齢職業/⑤連絡先(郵便番号・住所・電話番号)/⑥メールアドレス/⑦略歴(他紙応募歴等)/⑧サイトURL(なければ省略)
- 用紙の2枚目に800字程度のあらすじを付けてください。
- プリントアウトした作品原稿には必ず通し番号を入れ、右上をクリップなどで綴じてください。
- 商業誌経験のある方は見本誌をお送りいただけるとわかりやすいです。

注意事項
- お送りいただいた原稿は返却いたしません。あらかじめご了承ください。
- 応募方法は必ず印刷されたものをお送りください。
CD-Rなどのデータのみの応募はお断りいたします。
- 採用された方のみ担当者よりご連絡いたします。選考経過・審査結果についてのお問い合わせには応じられませんのでご了承ください。

m a r m a l a d e b u n k o

応募先
〒100-0004 東京都千代田区大手町1-5-1 大手町ファーストスクエア イーストタワー19階
株式会社ハーパーコリンズ・ジャパン「マーマレード文庫作品募集」係

ご質問はこちらまで E-Mail / marmalade_label@harpercollins.co.jp

marmalade bunko
マーマレード文庫

懐妊一夜で極秘出産したのに、シークレットベビーごと娶られました

2022年2月15日　第1刷発行　定価はカバーに表示してあります

著者　橘 柚葉　©YUZUHA TACHIBANA 2022
発行人　鈴木幸辰
発行所　株式会社ハーパーコリンズ・ジャパン
東京都千代田区大手町1-5-1
電話　03-6269-2883（営業部）
0570-008091（読者サービス係）
印刷・製本　中央精版印刷株式会社

ISBN978-4-596-31969-2

m a r m a l a d e b u n k o